KB115639

시크릿
메즈

시크릿 메즈 1

가프 장편소설

초판 1쇄 찍은 날 § 2016년 8월 25일
초판 1쇄 펴낸 날 § 2016년 9월 1일

지은이 § 가프
펴낸이 § 서경석

편집책임 § 조현우

펴낸곳 § 도서출판 청어람
등록번호 § 제387-1999-000006호
등록일자 § 1999. 5. 31
어람번호 § 제1-2503호

주소 § 경기도 부천시 원미구 부일로 483번길 40 서경B/D 3F (우) 14640
전화 § 032-656-4452   팩스 § 032-656-4453
http://www.chungeoram.com
E-mail § chungeorambook@daum.net

ISBN 979-11-04-90930-6 04810
ISBN 979-11-04-90929-0 (세트)

1

FUSION FANTASTIC STORY

가프 장편소설

시크릿 메즈

SECRET MEZ

도서출판 청어람

시크릿 메즈
SECRET
MEZ

CONTENTS

...

제1장
귀족 알바에서 만난 운명

'침팬지 뇌…….'

하얀 실험 가운을 입은 강토가 가만히 손을 뻗었다. 이온 고정액이 가득 채워진 실험관이 손에 닿았다. 실험관 표면에서 미세한 온기가 느껴졌다. 특수하게 제작된 실험관. 투명한 유리를 사이에 두고 침팬지 뇌와 강토가 마주섰다. 실험관 안의 이온 용액은 고요한 은빛으로 보글거렸다.

보글!

어떻게 보면 대구의 이리를 뭉쳐놓은 듯도.

보글!

또 어떻게 보면 뻥튀기 된 호두알 같기도…….

이 침팬지도 백수였을까?

한참 회자되는 인구론, 즉 인문계 졸업생 9할이 논다의 주인공이라 문송한 강토. 하다하다 뇌파 실험 알바까지 경험하다 보니 침팬지 뇌에게서 동병상련이 느껴졌다.

그래도 운이 좋았다.

인문계 9할이 놀고 있는 현실. 학비부터 유흥비, 용돈에 목마른 백수들이 구름 떼처럼 모여든 알바였다. 특별하게 어려운 일도 아니면서 일급도 빵빵한 뇌파 실험 대상자. 알파파, 베타파, 세타파 측정 비교에 신경세포 검사 몇 가지, 가끔 뇌 표본과 놀아주거나 황공하게도 뇌파 장비 장착한 채 잠만 자도 되는 일. 샘이 난 덕규는 '마루타'라고 빈정거렸지만 다시없는 귀족 알바였다.

거기다 최근 국가적 프로젝트 수행으로 주목받는 뇌과학연구소였기에 혹시나 하는 기대감까지 겹쳤다.

혹시나가 뭐냐고?

〈연구소에 잘 보이면 정규직 낙점〉

바로 그것이었다.

정규직!

그 얼마나 가슴골 벅찬 단어인가?

대학 다닐 때는 컨설팅 회사 차려서 원만한 조직 생활을 돕는 컨설턴트가 꿈이었던 강토. 막상 졸업하니 그런 건 사치에 불과했다. 하루하루 풀칠하기도 바쁜 판에 웬 꿈? 웬 컨설팅 회사? 계약직이라도 조건만 무난하면 땡큐를 따따블로 외칠 판이었다.

그런데 뇌 연구소 직원들은 사립학교 교직원.

무려 신의 직장으로 꼽히는 일터란 말이다.

당연히 정규직으로 눈도장을 받을 확률은 정자가 난자와 도킹할 확률만큼 낮은 일.

그래도 지원자들 안에서 최후의 일인으로 살아남았다. 그럭저럭도 아니고 난다긴다하는 SKY 이공계 현역들까지 물리친 쾌거였다.

사실, 처음 지원했을 때에는 기분이 시궁창 오염 모드로 되기도 했었다. 출신 학교에 따라 알바 일당이 달랐기 때문이었다.

—SKY 졸업 및 재학생은 일급 20만 원 다이아몬드 대우.

—서성한 중경외시 라인은 15만 원 골드 대우.

—국숭숙세단 광명상가까지는 12만 원 귀족 대우.

—기타 지방대 포함 전문대는 10만 원 꿀 대우.

뇌 관련 알바라 그런지 지원자의 뇌에도 레벨을 매긴 모양이었다.

강토는 세 번째 라인이었다. 어디 가도 개무시를 받지는 않지만 큰 주목도 받지 못하는 중하위권 인서울 대학 졸업생. 그 어정쩡한 타이틀 덕분에 졸업 후 취업 시험에서 32전 32패라는 불멸의 기록을 갱신 중이었다.

그런데!

여기서는 역전타를 쳤다. 처음 100여 명으로 시작한 뇌파 배틀에서 최종 실험 대상자로 남으며 막강 경쟁력을 과시한 것이다. 게다가 어제, 수면 뇌파에서 마지막으로 밀어낸 경쟁자는 S 대 4학년 재학생이었다.

〈최종 실험 대상자〉

단어를 곱씹어보면 찝찝한 뉘앙스가 느껴졌지만 기분은 나쁘지 않았다.

'아싸라비야!'

미모의 정 박사에게 최종 통보를 받았을 때, 강토는 괜히 울컥하기까지 했다. 그동안 취업 과정에서 깨지고 밟힌 한이 액기스로 남았던 모양이었다.

뇌파!

단어가 키포인트였다.

아이큐가 아니고 그냥 뇌파였다. 그래서 처음부터 끌리던 알바였다.

뇌파에 대한 자신감의 근거는 옛날로 거슬러 올라간다. 강토가 초등학교 4학년 때였다. 그때, 강토는 인생의 황금기(?)를 구가하고 있었다. 아버지의 사업은 성장기에 있었고 엄마도 살아 있었다.

당시 아버지는 사업 이윤이 날 때마다 캄보디아의 오지에 학교를 지어주고 있었다. 발단은 강토였다. 해외여행을 좋아하는 아버지를 따라다니던 강토, 캄보디아의 오지 '코욱 모언'의 학교에서 눈물을 보였던 것이다. 그건 학교가 아니라 허름한 창고에 불과했다. 밤이면 쥐가 오가도 이상하지 않을 곳이었다.

"애들이 불쌍해요."

그 말을 들은 아버지, 캄보디아에 학교를 짓기 시작했다. 언제 생각해도 아버지는 존경스러운 분이었다.

그중 한 학교의 준공식에 초대받아 갔을 때였다. 캄보디아 밀림에는 스펑(spoan)나무가 많았다. 뿌리의 힘으로 인류의 유산으로 불리는 앙코르와트 사원을 무너뜨리고 있는 바로 그 나무다. 뿌리가 어찌나 멋대로 뻗는지 지구 반대편까지 뚫고 나갈 기세였다.

호기심에 학교 앞의 나무 위에 올라갔던 강토, 그만 발을 헛디디며 추락하고 말았다.

빵!

중력의 법칙을 제대로 배웠다. 게다가 머리부터 떨어진 것이다. 머릿속에 뇌전이 빠직거렸다. 강토는 병원으로 향하던 차 안에서 깨어났다. 머릿속이 멍했다. 스펑 나무의 뿌리가 머리에서 멋대로 발을 뻗은 느낌이었다.

다행히 큰 문제는 없었다. 그저 작은 문제가 있었다. 바로 뇌파였다.

“뇌파가 특별하네요. 일반인보다 엄청나게 강한 거 같습니다.”

한국으로 돌아왔을 때 병원에서 들은 말이었다. 그로 인한 부작용은 정전기로 나타났다. 이상하게도 몸에서 정전기가 잘 일어난 것이다.

“앗, 따가워!”

덕분에 친구들 좀 골려먹었다. 어두운 공간에서 옷을 벗으며

문지르면,

빠지직!

은빛 전류의 그물이 낙뢰처럼 보일 정도였다.

인간 발전기!

덕분에 그런 별명도 생겼다. 뭐 그뿐이었다. 악동 친구 녀석들이 배터리 충전하자고 놀리기도 했지만 정전기는 시나브로 약해져 버렸다.

아무튼 그 덕분(?)에 이런 귀족 알바를 알려준 덕규는 떨어지고 강토는 붙었다. 게다가 최후의 실험 대상자로 남게 되었으니 전혀 연관이 없는 일은 아닌 것 같았다.

다만, 감격의 유효기간은 길지 않았다. 최후의 경쟁자를 물리쳤지만 그의 일당까지 넘겨받는 건 아니었다. 일당은 실험 대상 알바생들의 학벌로 책정했기 때문에 변하지 않는단다.

젠장!

그나마 3주 정도 더 귀족 알바를 할 수 있다는 걸 위안으로 삼았다.

'한 달 가까이 채우면 360여만 원⋯⋯.'

초거금이었다.

그만한 자금이라면 앞으로 서너 달은 버틸 수 있었다. 그러면 알바 없이도 구직 활동을 계속해 나갈 수 있을 것 같았다.

강토는 가만히 시선을 돌렸다. 수많은 실험관이 시야에 들어왔다. 특별하게 제작된 실험관 속에는 크고 작은 뇌가 하나씩 자리를 잡고 있었다. 실험관의 이온용액들도 제각각 색깔이 달랐다.

무색!

빨강!

초록!

은빛!

늦은 밤, 가만히 뇌를 바라보면 기분이 묘했다. 때로는 오바이트가 쏠리기도 했고, 또 때로는 괜히 슬프기도 했다.

'내 뇌가 달랑 도려내져서 저 안에 들어간다면?'

기분이 어떨까?

우워어!

몸서리쳐지는 일이었다.

우르릉!

창 밖에서 번개가 울고 있었다. 오후 늦게 시작된 빗발이 더심해지는 모양이었다.

-4번 실험관 원숭이 뇌부터 6번 실험관 큰 침팬지 뇌까지 진행하고 잠시 쉬었다가 수면 검사 들어갑니다. 시작하세요!

스피커에서 정 박사의 목소리가 흘러나왔다. 강토는 그녀의 지시에 따라 실험관에 딸린 실험 헬멧을 썼다. 오늘은 야간 실험일. 헬멧에는 무수한 첨단 센서들이 연결되어 있었다.

교감!

뇌파로 그걸 하라는 것이다. 그것도 젖 먹던 힘을 다해.

이 실험동 안에 있는 샘플 뇌들과의 감정 교환.

강토는 그 말에 충실하게 따랐다. 강토가 살아남은 이유였다. 많은 알바생들은 코웃음을 쳤었다. 그 결과 수일 만에 탈락의 비애와 포옹을 해야 했다.

뇌 표본하고 무슨 뇌파 교감?

미친…….

물론, 그 말에는 강토도 공감이다. 하지만 무려 12만 원을 버는 귀족 알바였다. 택배 분류나 오토바이 배달 같은 노가다 알바 한 번 뛰어보라. 뇌 표본과 키스를 하래도 하게 될 테니까.

―헬로우 미쓰, 아니면 미스터 뇌?

―난 인간 이강토야.

―나 느낄 수는 있냐?

―그 안에 있으면 기분 어떤지 모르겠다. 꿀꿀하냐? 아니면 혹시 사이다 맛처럼 시원하냐?

지지직!

상상의 뇌파를 보낸다.

못할 게 무엇인가? 마침 대학 때까지도 연극 동아리 활동을 했던 강토였던 것이다.

그러다가 한 번은 치명적인 사건이 일어났다. 세 발치 옆의 6번 실험관. 그 실험관이었다. 뇌 연구소 안에 있는 수많은 실험관 안에서 두 번째로 큰 뇌. 백지수표 차 박사가 미국에서 가져왔다는 침팬지 뇌가 감정을 전해온 것이다.

감정!

상상이 아니라 사람의 감정이었다.

〈난 사람이야!〉

분명히 그런 울림이 건너왔다. 눈과 귀가 동시에 교감했다. 출렁하는 동공과 메아리치는 머릿속…….

강토의 반응은 어땠을까?

쫘당탕!

혼비백산에 기절초풍. 바로 그것이었다. 놀란 강토는 뇌파 헬멧을 벗어던졌다. 정 박사와 차 박사가 뛰어 들어왔다.

"이거 침팬지 아니죠? 사람 뇌죠?"

하얗게 질린 강토, 온몸을 와들거리며 차 박사에게 물었다.

차 박사!

뇌과학의 세계적 권위자이자 백지수표 박사로 불리는 그는 표정 없이 강토를 바라보았다. 다른 알바생들 표정보다는 많이 나았다. 그들은 죄다 '저 새끼 또라이 아니야?' 하는 얼굴로 강토를 보고 있었던 것이다.

당연히, 강토는 또라이가 아니었다. 그건 강토가 최종까지 살아남았다는 게 증명하고 있었다. 중도에 짤려 나간 알바생 안에는 SKY가 무려 여덟 명이었고, 그 안에는 의대생도 두 명이나 포진하고 있었다. 그러니 설마 의대생이 또라이인 건 아니겠지?

"다시 해보게."

그때 차 박사가 한 말이었다. 혹시 짤릴까 최선을 다했지만 돌아온 건 싸아한 느낌뿐이었다.

"갑자기 추운데요?"

느낌을 그대로 전달했더니 차 박사, 강토 센서의 기록들을 살펴본 후에 실험실을 나갔다. 다행히 강토, 짤리지 않았다. 오히려 그날 같은 과정에 있던 경쟁자들이 전부 탈락했다.

4번 뇌.

강토는 그 뇌를 바라보았다. 뇌하고 놀아주기. 스스로 정한 테마는 그것이었다.

'안녕!'

'······.'

'밖에는 비 와. 주룩주룩!'

'······.'

'이런 날은 덕규하고 컵라면에 소주 한 잔 까고 자면 좋은데.'

'······.'

'너도 잠은 자냐?'

'······.'

묻고 나니 헛웃음이 샌다. 고정액에 담긴 뇌가 하는 일은 영면이 아닌가? 영원한 잠······.

—5번 샘플로 옮겨가세요.

정 박사의 멘트에 따라 자리를 옮겼다.

5번 뇌는 고양이다.

고양이?

야옹!

원숭이와 침팬지 사이에 웬 고양이? 생뚱맞지만 알 바 아니다. 강토는 4번 뇌에게 한 것과 비슷한 말을 건넸다. 비슷한 말을 건넸다. 샘플 뇌에서는 아웅아웅 하는 울림만 건네 왔다. 5번까지의 반응은 그랬다.

─6번까지 하고 쉽니다. 아시다시피 차 박사님이 주목하는 샘플이니까 잘해보세요.

6번 뇌.

그 앞에서 심호흡을 했다. 강토는 지금까지 이 뇌와 두 번이나 교감(?)을 나누었다. 한 번은 앞서 말한 그 사건이었고 또 한 번은 경련을 느꼈던 것. 실험참가 알바생들 중에서 유일한 케이스였다.

하지만 그게 착각인지 혹은 뇌의 정상적인 반응인지 연구소 측에서는 아무런 설명도 해주지 않았다.

'어쩌면 내가 슬슬 미쳐가는 지도……'

때로는 밤 새워 수면 검사도 받아야 하는 일. 일은 고되지 않지만 피로까지 없는 건 아니었다. 자정이 지난 밤, 저 수많은 뇌 샘플과 한 공간에 있어보라. 딱 우주의 사생아가 된 것 같은 기분이다.

강토는 6번 뇌와 연결된 헬멧을 집어 들었다.

우르릉!

천둥은 본격적으로 몸살을 앓았다. 문득 실험관 안의 뇌를 죄다 꺼내 저 벼락 속에 던져 버리고 싶다는 생각이 들었다. 벼락을 맞으면 뇌들은 어떻게 될까? 고소한 뇌 바비큐가 될까? 아니면 팔딱거리며 비명을 지를까?

'안녕!'

좀 슬프지만 다시 생존 알바에 충실했다.

'······.'

'저 소리 들리니? 천둥소리, 그리고 벼락 떨어지는 소리······.'

'······.'

'저거 한 방 맞으면 어떨까? 죽지 않고 살아나면 사람이 확 변할 수 있을까?'

'······.'

'그래서 좋은 데 취업만 되면 맞아줄 각오도 있는데.'

'······.'

'이상하게도 난 벼락이 무섭더라. 괜히 나를 골라서 떨어질 것도 같고······.'

'······.'

'어릴 때부터 그랬어.'

잘도 논다. 이쯤 되면 영락없이, 정신적 마루타와 다르지 않았다.

우엉우엉웅웅웅!

그때 돌연 실험관의 울림소리가 커졌다.

응?

강토가 고개를 들었다.

―계속 하세요.

강토가 흠칫거리자 정 박사의 멘트가 헬멧 안으로 들어왔다.

끄덕!

카메라 쪽을 향해 사인을 보내고 다시 실험관을 바라보았다. 까라면 까는 게 알바의 생리다. 아무리 최후 생존자라지만 개기면 한 방에 갈 수 있었다.

'네네파바바아아.'

순간, 또 다른 소음이 잠깐 감각을 밀고 들어왔다.

설마?

강토는 눈을 동그랗게 뜨고 실험관을 집중했다.

응?

돌연 미간이 찡그려졌다. 한순간, 뇌의 중심부에 살짝 경련이 인 것이다. 컨트롤 타워의 정 박사가 이온의 농도에 변화라도 준 걸까? 강토는 눈도 깜빡이지 않고 6번 뇌의 중심부를 쏘아보았다. 그러자……

'네네 파파아아!'

조금 더 선명한 소리가 울림소리로 전해왔다.

'너?'

강토는 자신도 모르게 물었다.

'네 뇌파아아.'

'파아아?'

'네 뇌파!'

몇 번 만에야 6번 뇌의 느낌이 선명하게 전해왔다. 놀란 강토가 벌떡 일어섰다.

와당탕!

의자가 넘어갔다.

―왜 그래요?

정 박사가 물었다.

"샘플 뇌가 말을 해요!"

카메라를 바라보며 강토가 소리쳤다.

─뭐라고요?

"네 뇌파… 분명 그렇게 들었어요!"

─헬멧 벗지 말고 계속 시도해 봐요.

"……?"

─어서요!

"이거 죽은 뇌 맞아요?"

─어서 진행하라니까요. 그냥 느낌에 충실하세요!

"침팬지 뇌 맞냐고요?"

─내 말 안 들려요?

"화장실 좀 가야겠어요. 쌀 거 같아요."

─…….

"싸요?"

─다녀와요.

정 박사는 마지못해 허락했다. 강토는 헬멧을 벗어놓고 이중 자동문을 지나 복도로 나왔다.

"휴우!"

식은땀과 함께 한숨이 밀려 나왔다. 벽에 기대 몇 번이고 거친 숨을 토해냈다. 벌써 세 번째 느끼는 기묘기괴한 반응. 그때마다 박사들은 재촉하고 강토는 아뜩함에 떨었다.

나…….

이러다 미치는 거 아니야?

계속 이러고 살아야 하나?

울적한 생각이 들지만 일급 12만 원짜리 알바였다. 세상에 꽁으로 먹는 돈은 없다.

촤아아!

비는 미친 듯이 쏟아졌다. 멈출 기세는 보이지 않았다. 그 비를 뚫고 현관을 나서는 사람이 보였다. 차 박사였다. 옆에는 반듯한 정장의 장철환이 동행 중이다. 권력과 지식의 동행. 두 사람은 천하무적처럼 보였다.

'청와대 사람……'

강토는 숨소리를 죽였다.

'청와대 쪽 사람이 온다.'

늦은 오후에 출근하면서 들은 이야기였다. 차 박사의 연구는 청와대에서도 주목을 받고 있었다. 차세대 산업으로써의 뇌 과학 선두주자였기 때문이었다. 전에는 대통령도 다녀갔고, 막후 실세라는 장철환도 처음이 아니었다.

대통령 임기 3년 말 진입.

재임 기간 중의 치적 만들기라는 소문도 돌았다.

'퇴근하시나?'

흘러내리는 빗물 사이로 차 박사가 자가용 문을 열었다. 차종은 평범한 SUV. 전속 기사가 딸린 벤츠가 있으면서도 종종 자기가 운전하는 사람. 오늘도 그날이었으니 검소함조차도 최고에 속했다.

한마디로 완벽한 사람!

그가 바로 차 박사였다. 나이는 고작 40대 후반. 실력은 월드 특급. 재미 한국 과학자 중에서 수 삼년 내 노벨상이 유력한 사람. 그렇기에 명문대 도약을 노리는 수도권 K대학 재단 이사장이 백지수표를 주고 모셔온 귀하신 분이었다.

강토도 몇 번 마주쳤지만 정말 존경스러운 사람이었다. 온화한 표정도 그랬고 알바생도 무시하지 않았다. 준수한 외모에 키도 작지 않은 편. 아직까지 결혼하지 않은 게 신기할 정도의 인물이었다.

백지수표!

얼마나 받았을까?

그 소문을 들었을 때 액수가 궁금했었다.

100억!

강토와 함께 마지막까지 남았던 S대생이 말했다. 다른 알바생들이 추측한 액수는 조금 더 올라가 500억에 도달했다. 미국에서도 최고의 대우를 받던 그가 100억 정도에 미래를 포기하고 한국으로 오지는 않았을 거라는 게 대세였다.

배웅은 정 박사가 하고 있었다. 차 박사의 최측근이자 이 연구의 야전사령관이기도 한 정 박사. 그녀 또한 30대 초반의 미녀로 미혼.

'어쩌면 둘이 그렇고 그런 사이일 지도?'

알바생들은 그런 말도 했었다. 그때마다 강토는 웃었다. 알게 뭐란 말인가? 백지수표의 박사와 그 오른팔이 침대에서 나체 연구까지 같이하든 말든.

"강토 씨!"

화장실에서 나오자 정 박사가 다가왔다. 옆에는 공진구 박사
가 보였다. 연구소 안에는 이공계박사들 천지다. 공박사 역시
미국 프린스턴대에서 뇌 프로젝트를 맡다가 스카우트된 인물.
뻑 하면 미국 유수의 명문대 이공계니 문과 출신 강토가 더욱
더 작아지는 이유이기도 했다.

정 박사의 가운은 아까와는 달리 앞단추가 시원하게 열려 있
었다. 그건 지금부터 그녀가 이 연구소의 캡틴이라는 의미였다.

"차 박사님이 주고 가셨어요."

그녀가 만 원권 두 장을 내밀었다.

"네?"

영문을 몰라 고개를 드는 강토.

"아까 일 말씀 드렸더니 강토 씨 잘 먹여서 실험에 집중시키
라고 하시네요."

"아, 네……."

땡큐 하는 마음으로 받아들었다. 알바생에게 거금 2만 원 식
비라니? 황송한 대우였다.

"강토 씨 뇌파는 좀 특별하다는 거 알죠?"

"네……."

자세히는 모른다. 그렇다니 그런 것이다. 덕분에 계속 알바를
하고 있으니 나쁠 것도 없었다.

"차 박사님 기대가 크셔요. 보통 우리가 대뇌에서 알파파와

베타파는 잘 잡아내는데 세타파까지 선명한 사람은 드물거든요. 잘하면 이번 연구 끝나고도 알바 계속할 수 있을 지도 몰라요."

"정말입니까?"

강토의 귀가 번쩍 뜨였다.

"이 연구가 잘되면 우울증이나 치매 치료약도 만들 수 있고요 사람의 뇌를 활성화시켜 신체 능력을 증진시킬 수도 있어요. 시냅스 가소성을 높여 기억력을 증진시키는 일도 불가능하지 않죠. 그러니 자부심을 가지고 임해주세요."

"알겠습니다."

"나도 김 박사하고 외부에서 손님 좀 만나고 와야 하니까 기왕 쉰 김에 식사시켜서 들고 해요. 배달해 주는 곳은 알고 있죠?"

"네……."

정 박사는 공박사와 도란거리며 멀어졌다. 또각거리는 하이힐 소리를 따라 펄럭이는 그녀의 가운이 의기양양해 보였다. 한 대학이 전폭 지원하고 청와대까지 주목하는 실험. 그 실험의 최일선 야전사령관이었으니 그러지 못할 이유도 없었다.

2만 원!

뭘 시킬 수 있을까? 이 정도면 브랜드 치킨부터 탕수육까지도 가능했다.

부먹 쩝먹!

생각만으로도 군침 꼴깍이었다.

강토는 알바생 휴게실에 놓인 음식점 스티커를 바라보았다. 비는 잘도 퍼붓는다. 뭘 주문할까 하던 상상은 거기서 접었다.

질릴 정도의 폭우였다. 배달 알바들이 가장 싫어하는 날씨였다.

강토도 두 달 동안 햄버거 배달을 한 적이 있었다. 이런 날 배달이 들어오면 저주가 저절로 나온다. 달랑 1인분이라면 더더욱 그렇다.

사물함을 열고 컵라면을 꺼냈다. 알바생을 위해 무료로 제공되는 간식. 하지만 백수 알바 주제에 간식과 주식의 구분 따위는 사라진지 오래였다.

후루룩!

캬아!

국물을 들이키며 혼자 탄성을 자아냈다. 라면은 역시 국물 맛이다. 요걸 적당히 마셔주고 자판 커피 한 잔을 뽑아 마시면 한 끼로 매우 훌륭했다.

달각!

동전이 투하되었다. 종이컵이 튀어나오면 쫄쫄 커피가 내려온다. 슬쩍 돌아보니 복도에는 아무도 없었다. 처음에 같이 바글거리던 알바생들. 어느 책에선가 인생은 혼자라더니 이걸 두고 하는 말인 모양이었다. 결국 혼자가 되었지 않은가?

텅 빈 복도는 연구소를 따라 길게 이어지고 있었다. 새 실험동에는 강토 혼자. 이 실험을 주관하는 정 박사와 김 박사까지 나갔으니 아마 그럴 것이다.

이제 쫌 커피가 다 나왔겠지? 커버를 열고 손을 넣었는데 아무것도 잡히지 않았다.

응?

'돈만 먹은 거야?'

본능이 작렬하며 발끈 자판기를 두드렸다. 순간,

빠자작!

믿을 수 없이 맹렬한 굉음과 함께 낙뢰가 떨어지며 사방을 암흑으로 덮어버렸다.

'뭐야?'

놀란 강토가 복도를 바라보았다. 어두웠다. 통로를 가리키는 비상등만 희미하게 반짝일 뿐이다.

'정전?'

단어 하나가 머릿속에 떠오를 때, 다시 한 번 맹렬한 벼락이 실험동 건물을 갈기갈기 후려쳤다.

빠자자작!

콰당탕탕!

위세에 놀란 강토는 자판기 옆으로 몸을 숙였다. 그리고 생각했다.

'제대로 떨어졌다!'

K대학에서 수천억 원을 들여 구축한 대한민국 최고의 뇌과학연구실. 그런 첨단 건물이 벼락을 맞을 수 있을까?

"우리나라 실험실, 완전 안전 불감증이다. 방재실에서 경보음 장치를 꺼놓는 데가 더 많아."

대학 때 이과과목 수강실에서 이과생들이 한 말이 떠올랐다. 서해대교에 떨어진 의문의 벼락도 떠올랐다. 최고의 장비를 갖추고도 그 운용에는 소홀한 것이 한국의 실정. 강토는 현관 방향을 가늠하고 그쪽으로 움직였다. 그러다 뇌 표본실 앞을 지날 때였다. 안 쪽에서 푸른빛이 음산하게 일렁이나 싶더니 엄청난 폭음이 튀었다.

퍼엉 퍼엉!

'우웃!'

강토는 다시 바닥에 엎드렸다. 실험실의 이중 유리 문이 박살 나면서 사방으로 튄 것이다. 고개를 드니 실험실 안은 이미 낙뢰의 전류와 연기로 가득 차 있었다.

지직지직!

전류가 복도까지 느껴졌다.

실제 상황!

'자칫하면 죽는다.'

모골이 송연해진 강토는 깨진 유리를 밟으며 필사적으로 일어섰다. 그때였다. 짐승의 아우성처럼 처절한 울림소리가 강토의 뇌 안으로 들어온 것은.

'살—려—줘.'

조금 늘어지지만 또렷했다.

살려줘.

그건 귀에 익은 그 목소리. 사람의 것도 아니고 귀신의 것도 아닌 소리. 조금 더 정확히 말하자면 소리라기보다는 느낌에 가까운 그 소리…….

'설마?'

강토는 실험실 안으로 고개를 돌렸다. 희미한 빛을 따라 펼쳐진 안쪽은 이미 지옥의 아수라장을 방불케 하고 있었다. 가장 작은 생쥐의 뇌부터 특이하게 주름이 없는 플로리다메너티, 가장 커다란 범고래의 뇌까지 거의 모든 실험관들은 박살 나 있었고 이온용액이 쏟아져 바닥까지 흥건한 후였다.

우르릉!

다시 번개가 갈기를 세우자 그 빛이 실험실에 반사되었다. 흥건한 이온 용액 위에 멋대로 흩어진 뇌 표본들. 그건 실험관 안에 들어 있을 때와는 달리 원초적인 공포를 불러일으켰다.

"으어어!"

비명과 함께 뒷걸음질 치는 강토. 정말이지 보지 말아야 할 것을 본 강토였다.

"살려줘!"

소리는 조금 더 높은 울림으로 강토의 뇌를 흔들었다.

살려줘, 살려줘, 살려줘!

마치 뇌 표본들의 합창 같은 울림소리…….

"으아악!"

절규와 함께 강토는 미친 듯이 뛰었다. 하지만 멀리가지 못했다. 물커덩, 뇌 표본 하나를 밟으면서 나뒹굴고 만 것이다.

"……!"

살려줘!

다시 메아리가 이어졌다. 벽을 짚고 일어서 재빨리 실험실을 스캔해 보았다. 완벽하게 작살이 난 실험실 안. 그나마 성한 건 6번 실험관뿐이었다.

살려줘!

소리는 거기서 나왔다. 소리의 간격을 따라 이온용액의 색깔이 파르스름한 청색에서 적색까지, 빛의 스펙트럼을 이루며 너울너울 변해갔다.

"너야?"

자신도 모르게 입이 열렸다.

"지금 네가 나한테 말하고 있는 거야?"

강토가 물었다.

"그래. 나……."

6번 뇌가 대답했다.

"설마……."

오싹한 마음에 한 발 물러서는 강토.

"이미 내 소리를 들었을 텐데?"

그만큼 소리가 가까워졌다.

"이미?"

"네가 실험에 참가한 지 4일 째 되는 날."

"맙소사. 그럼 그게 진짜?"

"살려줘……."

6번 뇌의 경련과 함께 이온용액의 색깔이 한 번 더 스펙트럼을 이루며 변해갔다. 그러고 보니 뚜껑의 이온평형 조절기가 박살 난 채 비스듬히 열려 있었다.

"살려달라고?"

강토가 물었다.

"그래."

뇌가 대답했다.

젠장!

"뭘 어떻게? 넌 이미 죽은 거 아니야?"

"죽었지. 하지만 죽지 못했지."

"……?"

"네 이름은 이강토……."

"……!"

"가까이 와주겠어?"

"……?"

"시간이 없어. 이미 이온 평형이 깨졌거든."

"하지만 난… 아무것도 할 줄 몰라. 박사님들은 모두 밖으로 나갔고……."

"상관없어. 여기로 들어와서 나를 꺼내주기만 하면 돼."

"꺼내라고?"

"저쪽 벽 앞에 이온 탱크 콘트롤러 보이지? 거기로 옮겨줘."

6번의 말을 들은 강토가 고개를 돌렸다. 벽 쪽의 콘트롤러는 무사해 보였다.

'젠장!'

실험관의 높이는 대략 1.5미터. 입수하지 않고는 꺼낼 도리가 없는 일이었다.

꺼림칙하지만 어쩔 수 없었다. 이 샘플은 차 박사가 아끼는 샘플. 이거라도 구해놓으면 알바를 계속 할 수 있을 지도 몰랐다.

아니, 어쩌면 정직원이 될 지도?

꽈자작!

주저하는 사이에 뇌전이 한 번 더 몰아쳤다.

"어서!"

절망이 희미하게 깃든 실험관 안 이온용액. 강토는 실험대 두 개를 당겨 6번 실험관 옆에 쌓아올렸다. 망가진 이온 조절기 덮개는 그냥 떨어졌다. 실험관의 직경은 80센티미터. 위에서 흔들어보니 생각보다 견고해 당장 무너질 판은 아니었다.

"어서!"

6번 뇌의 재촉이 다시 이어졌다.

'에라, 모르겠다.'

강토는 양 팔로 실험관 입구를 지탱한 채 두 발을 먼저 밀어넣었다. 그런 다음 발로 이온용액의 느낌을 체크해 보았다. 차갑지 않았다. 그리 뜨겁지도 않았다. 강토는 비로소 지지하던 팔을 놓았다. 강토의 몸은 천천히 바닥에 닿았다. 뇌를 밟지 않으려 조심했다.

'젠장!'

아래쪽에 있는 뇌를 잡으려면 몸을 낮춰야 했다. 몸을 구부려 손을 뻗었다. 결국 얼굴이 이온용액에 잠기고 말았다. 찝찔

하지만 참을 만했다. 더듬고 더듬어 뇌를 잡았다.

물컹!

"……!"

기분이 기묘했다.

"고마워!"

뇌가 울림소리를 전해왔다.

그런데…….

아까와는 달리 섬뜩한 느낌이 묻어나는 소리였다.

"……?"

불길한 느낌과 함께 강토는 머릿속에서 뭔가 확 방출되는 게 느껴졌다. 마비의 호르몬이라도 나온 걸까?

버둥거려보지만 쇠사슬에 묶인 것처럼 아무것도 할 수가 없었다.

사지 마비.

자유로운 건 생각 하나뿐이었다.

돌기와 뿌리들…….

부드러운 빛무리를 이룬 망상…….

그러나 이계 생명체를 보는 듯한 낯선 느낌들…….

'뭐야?'

강토는 감았던 눈을 떴다. 하지만 보이지 않았다. 시야에 사물이 없었다. 강토에게 보이는 건 그저, 우주를 뒤덮은 망상구조의 범람뿐이었다.

'이 느낌…….'

마치 전자파를 세밀하게 조각해 놓은 듯한 느낌. 어두운 우주를 덮은 벼락의 갈기 같은 형상.

처음이 아니었다. 그러니까 바로 그날. 이 연구소에 와서 이 6번 실험관의 뇌와 첫 교감을 나눈 날이었다.

수면 검사 알바를 마치고 퇴근했음에도 잠은 계속 쏟아졌다. 역시 남의 돈 따먹기는 쉽지 않았다. 김밥 한 줄에 컵라면을 해치운 강토는 덕규와 함께 사는 지하벙커에서 곯아 떨어졌다.

무의식이었다. 온통 막막한 공간이었다. 아무것도 보이지 않았다. 심지어는 강토 자신도 보이지 않았다. 하지만 느낌은 왔다. 그 공간에 강토의 의식이 서 있다는 느낌.

광막한 공간은 문득 문득 빛무리를 피워 올리다 무너졌다. 흡사 외계의 느낌이었다. 살아서는 한 번도 보지 못한 광경이었다.

돌기와 뿌리……

무한 반복되는 그것들은 돌기 사이에서 고요한 무엇을 뿜어내고 있었다. 그 꿈은 3일간 이어지다 그쳤다. 다시 그 꿈을 만난 것 역시 6번 뇌 샘플과 연관된 날이었다. 그러니까 6번 뇌 샘플의 경련을 느낀 그날 밤, 강토는 또 비슷한 꿈을 꾸었다. 다만 처음 꿈보다는 조금 더 강렬했다.

그리고 오늘, 마침내 그것들이 아뜩한 충격을 이루며 찬란하게 들이치고 있었다. 오직 강토의 뇌 안으로.

"이제 알았군. 우리가 이미 만난 적이 있다는 사실."

"지금 무슨 짓을 하고 있는 거야?"

"시크릿 메즈!"

"시크릿 메즈?"

"메즈는 게임 용어. 둔화, 속박, 기절, 수면, 최면 등 상대방을 무력화시키는 기술이지. 알지?"

"알기는 하지만……."

"그걸 위해 기억 오픈 센서가 장착된 뉴런의 시냅스를 네 뇌로 옮겨주는 거야."

"……?"

"통할 사람은 너밖에 없으니 이해해줘."

"이봐."

"네 뇌에서 정보를 읽었어. 나름 정의감이 있더군. 너라는 인간……."

"……?"

"너라면 차 박사의 가면을 벗겨줄 거라고 믿어. 아니, 이 세상 모든 두 얼굴의 인간들까지도……."

"차 박사님?"

"그 인간은 천사와 악마의 두 얼굴을 가졌어."

"대체 무슨 말을 하는 거야? 그 박사님처럼 좋은 분이 또 어디 있다고?"

강토는 몸을 일으켜 이온용액 밖으로 고개를 내밀려고 했지만 되지 않았다. 마비는 여전히 진행 중이었다. 아니면 무기력이거나…….

"사람들은 다 자기 눈으로 본 것만 믿지. 하지만 이제 알게 될 거야. 눈이 아니고도 보고 믿을 수 있는 방법이 있다는 것."

"이봐, 풀어줘. 무슨 말을 하는 건지 난 모르겠어. 나하고는 상관도 없고."

"이미 상관이 있게 되어버렸어."

"풀어달라니까!"

"부탁해."

그 소리와 함께 울컥, 강토의 몸이 부유하기 시작했다. 동시에 6번 뇌의 경련이 미치도록 느껴졌다.

"⋯⋯?"

잠시 눈을 뜨는 순간,

퍼억!

6번 뇌가 눈앞에서 생체 그물로 변해 무수한 파편으로 튀었다. 파편 다음에는 파우더. 그렇게 변한 뇌 조각들은 순식간에 이온용액에 녹아들었다. 곧바로 다른 느낌이 왔다. 거대한 그물 느낌의 에너지 충격이 강토를 향해 들이치는 느낌. 온몸으로 들이친 그물형 파동, 뇌의 가장 깊은 곳에 닿더니 한 줄기 빛을 남긴 채 정수리를 통해 빠져나갔다.

그건 지옥이 아니었다.

그렇다고 천국도 아니었다.

무엇으로도 설명할 수 없는 또 하나의 느낌. 고통이면서도 고통이 아닌, 희열이면서도 기쁨이 아닌⋯⋯.

아아아!

─죽는 건가?

—안 돼.

—이렇게 죽어서는 안 돼.

—난 나중에 잘 되면 밟아줘야 할 인간이 있단 말이야.

—꼭 그러고 싶은 인간이 있단 말이야.

아아!

발버둥의 끝, 가엾게도 맥이 풀어지는 그 순간, 뇌 안에 남겨진 빛 한 줄기가 초신성의 폭음을 터뜨렸다. 빛은, 뇌의 가장 깊은 곳에서 찬란하게 발산되었다.

후웅후웅!

죽는다는 것!

그건 말이지…….

아버지의 말이 영상처럼 스쳐갔다. 죽는 순간이 오면 사랑했던 사람들이 보인다고 했다. 평온하고 고적한 옛 풍경 속에서 그들을 만난다고 했다. 그 손을 잡으면 비로소 빠르게 공간이 바뀐다고. 엄마도 그랬다고 했다.

—엄마…….

—어디 있을까?

—불의의 사고로 먼저 간 엄마…….

웅웅우웅!

귀전을 때리는 울림소리가 커지고 있었다. 제어 불능의 그 소리가 최고조에 이르나싶을 때, 펑 하는 폭음과 함께 실험관이 터졌다.

"우워어, 정 박사님!"

어디선가 김 박사의 울부짖음이 들려왔다.

애애앵!

119 사이렌도 들렸다.

탁탁탁!

소란스러운 발소리도 들렸다.

그리고…….

야속한 목소리도 들려왔다.

"뇌부터 수습해요. 알바생 따위가 중요한 게 아네요!"

정 박사의 목소리였다.

'쌍년…….'

강토는 목을 넘어오는 소리를 다 뱉지도 못하고 의식의 한 줄까지 놓고 말았다.

우주였다.

우주가 아니면 전자파의 바다였다. 그 중심에 빛 한 줄기가 있었다. 그곳은 완벽한 신세계이자 친숙한 공간이었다. 낯설면서도 아늑한 느낌… 가만히 손을 뻗었다. 아무런 자극도 일어나지 않았다. 뭔가가 닿지만 느껴지지도 않았다.

죽었나?

죽었군.

전파의 공간 안에서 강토는 생각했다. 자극이 없기 때문이다. 살아 있다면, 적어도 짜릿함 정도는 느껴질 테니까.

사방은 같은 풍경이었다. 파동의 무한 반복. 어쩌면 촉수 같기도 하고 또 어쩌면 생체 그물 같기도 한 그것들. 때로는 초록으로, 또 때로는 분홍으로 색을 바꾸며 장대하게 줄을 이었다.

그 막막함이 하나하나, 기억으로 변하며 강토에게 다가왔다.

아기가 보였다.

점점 선명해졌다.

귀여웠다. 하지만 다리가 흔적뿐이었다. 선천기형아… 아기 옆에 젊은 차 박사가 보였다. 차 박사의 얼굴이 일그러지고 있었다. 차 박사는 아기를 외면했다.

아이가 자랐다. 엄마와 둘이었다. 아이는 특별했다. 다리가 없는 대신 뇌가 남달랐던 것이다. 누운 아이는 뇌력으로 작은 물건을 옮기고, 스위치를 켜고, 뇌파만으로 키보드를 조작해 상대방 컴퓨터의 내용을 뽑아내기도 했다. 그때마다 아이는 그저 눈을 움직였을 뿐. 엄마조차 아이가 고백하기 전에는 알지 못할 정도였다.

엄마는 걱정되었다. 장래도 그렇고 남다른 능력을 가진 뇌도 그랬다. 차 박사는 세계 최고의 뇌 과학자로 우뚝 선 그때. 아이를 위해 차 박사를 찾아갔다.

아이는 스무 살 청년이 되어 다시 차 박사를 만났다.

차 박사는 미소로 모자를 속였다. 휴양지 여행을 핑계로 모자를 불러내 약을 먹였다. 그리고 자신의 실험실로 옮겼다. 약은 박사가 만든 특별한 신경계통의 극약. 숨이 멈춘 모자는 사망자로 분리되어 박사의 집도를 받았다. 산 채로 뇌가 적출된 것이다.

차 박사는 자신의 과거가 알려지는 걸 원치 않았다. 완벽한 스펙에 이물이 끼는 걸 바라지 않았다. 그러나 아이의 뇌는 필요했다. 특별한 능력을 가진 뇌. 자신의 연구에 딱 쓰임이 될 것 같았다.

생생한 영상은 아이의 안구가 뇌에서 분리되면서 끝났다. 차 박사의 야릇한 미소가 대미를 장식했다. 그의 손에는 금세라도 펄떡거릴 듯한 청년의 뇌가 들려 있었다. 김이 모락거렸다.

딸깍!

기억 영상은 그렇게 꺼졌다.

살이 떨렸다. 기억 안에서 보았던 영상. 그건 스크린으로 보는 영화의 느낌이 아니었다. 장면이 아니라 정보로써 기억에 저장되어 버린 것이다.

헤이!

잠시의 간격을 두고 소리가 밀려왔다. 이번에도 청각이 아니라 의식이었다. 느껴본 적 있는가? 귀가 아니라 머리를 치고 들어오는 소리……

6번 뇌?

강토가 고개를 들었다.

—그래. 하지만 이제는 네 일부가 되었지.

내 일부?

—미안, 정식으로 허락받지 못해서.

대체 무슨 일이 일어나고 있는 거지?

—네 뇌 안의 약간의 기억과 함께 신경세포망 네트워크에 비

밀을 관장하는 뉴런을 옮겨주었어.

기억?

—방금 전 그것… 유쾌하진 않았을 테니 미안해.

그 기억… 대체 뭐지? 영화야 실화야?

—곧 알게 될 거야.

좋아. 그런데 뉴런은 또 뭐지?

—뉴런을 모르나? 인간의 뉴런은 1,000억 개. 하지만 너는 내 안의 1,000억 뉴런을 압축한 10,000개의 특별한 뉴런을 더하게 되었어. 보통 뉴런과 다른 매직 뉴런, 불멸의 뉴런이지.

불멸의 뉴런?

—그래. 인간의 뇌 기능을 컨트롤할 수 있는 특별한 파워를 가진 뉴런. 나이 먹는다고 잠들거나 침묵하지 않는 뇌 신경세포 뉴런. 현재 완성된 매직 파워는 하나하나 다 가동해 보지 못했지만… 이젠 네 거니까 너 하기 나름이야.

뉴런… 그러고 보니 들은 적이 있어. 하지만 난 문과라서 중학교 때 그저…….

—몰라도 상관없어. 이건 그저 본능적인 거니까. 처음에는 게임 초보 유저처럼 서툴고 힘들겠지만 계속하면 쓸 만할 거야. 계속하면 실력이 된다. 알지?

무슨 말인지…….

—한때는 게임 좀 했잖아? 플 삼위일체에 드캐 있는 친구 보면 부러웠고…….

그거야 호기심이었지. 게임 폐인하고는 거리 멀어.

─그냥 간단하게 생각해. 네 뇌 안에 불멸의 매직 아이템 하나가 장착된 거라고. 게임하면 그런 거 바라잖아? 남들에게 없는 나만의 아이템 득템.

불멸의 매직 아이템?

─상대의 패 하나를 까볼 수 있는 치트키랄까? 그 이름 시크릿 메즈!

시크릿 메즈?

─메즈, 몰라? 게임에서 상대를 무력화 시키는 스킬.

알기야 하지만……

─거기서 따온 건데 익숙해지면 그 누구의 방어도 저항도 허용치 않아. 당장 가능한 건 비밀 추출이지만 그것도 가치 없는 건 아니지. 치명적인 비밀만큼 인간을 무력화시키는 것도 드물잖아. 차 박사처럼 구린 인간에게는 판도라의 상자가 열리는 거야. 생체를 해킹하는 원리라 흔적도 남지 않고.

게임이 아닌 현실에서?

─현실도 게임과 다를 바 없어. 상대의 눈을 통해 뇌의 신경 세포를 장악하는 거지. 내 머리에 들어온 타인의 기억. 그 주인은 누구일까?

그저 눈을 보기만 하면 된다는 건가?

─눈은 뇌의 스크린이니까. 뇌로 가는 고속도로……

아무런 절차나 대가도 없이?

─대가와 수련은 내가 치렀어. 실험관 속에서……. 주검보다 더 고통스러운 아픔을 참으며 게임이론을 적용시켜 보았지. 그

러니 너는 걱정 안 해도 될 거야. 너… 뇌에 접속해 보니 좋은 직장에 취업이 되면 혼이라도 빼줄 용의가 있더군. 그런 각오라면 뭐가 문제야?

제대로 돌았군. 공상과학소설광이었나? 아니면 게임 광폐인?

—상관없어. 네 뇌파는 제법 특별해. 그래서 내가 모든 것을 걸고 키운 생체 스킬의 힘을 심어주는 게 가능했지. 그러고 보면 이것도 운명이야.

내 뇌파?

—그 능력 때문에 알바에서 최후까지 선택된 거니까.

비슷한 말은 들은 것 같아.

—보통 사람의 200배. 네 세타파는 정말 매력적이었지.

무슨 말인지…….

—기본 스킬은… 처음에는 무조건이야. 최근 비밀 우선이지. 나도 아직은 뉴런의 패턴을 거기까지밖에 정리하지 못했어.

이봐!

—일단 써보고 나머지는 네가 알아서 업그레이드하도록 해. 게임처럼 말이야. 타인의 뇌는 다 너의 서버와 다름없으니까.

좋아. 뭔지 모르지만 그렇다고 쳐. 그런데, 그런데 말이야 너는 어떻게 뇌 표본 상태로 살아 있던 거지?

—내 뇌 덕분이었지.

뇌?

—내 뇌는 특별했거든. 덕분에 차 박사도 내 뇌에 매력을 느껴 '유지'시켜 준 거고.

난해해.

—요점만 말하면 이래. 차 박사는 우리 모자를 죽이러 왔지만 내 뇌 기능에 반해 자기 연구에 쓰기로 결심한 거야. 그래서 몰래 약을 먹인 후에 뇌를 꺼냈지. 그때… 나는 내 생체 에너지를 전부 뇌의 뉴런에 저장해 두었어. 덕분에 뇌만 남았어도 생존이 가능했던 거지.

차 박사도 알아?

—반 반? 내 뇌가 워낙 특별했으니까 기능 일부가 반응한다는 건 눈치챈 것도 같아. 하지만 이렇게 살아 있다는 건 모를 거야.

그럼 아까 내가 본 네 기억이 사실이라는 거네?

—응!

말도 안 돼!

—청개구리 알아? 그놈은 겨울이 오면 심장 부근만 빼고 다 얼어버려. 생존 전략이야. 온몸의 에너지를 그곳에만 소모하면서 겨울을 나지. 거의 죽었다고 봐도 되지만 봄이 오면 불사신처럼 깨어나거든.

대체 무슨 소리를 하는 건지…….

—이해하려 하지 말고 느껴. 아, 그럴 수도 있겠다는 식으로 말이야. 세상에는 불가사의가 한둘이 아니니까. 하지만 어떤 불가사의는 시간이 지나면 그냥 당연한 일로 바뀌기도 하거든.

허얼!

—시간이 없으니까 한 가지만 부탁할게.

부탁?

—깨어나면 차 박사의 눈을 바라봐 줘.

눈?

—그는 네가 생각하는 것처럼 좋은 사람이 아니야.

차 박사가 나쁜 사람이라고?

—아주 악질이지.

설마?

—어떤 사람은 두 얼굴을 가지고 있기도 해. 그가 숨긴 비밀을 밝히는데 네 도움이 필요해.

왜 그래야 하지?

—너는 알고 있었으니까.

뭘?

—내가 죽지 않았다는 거.

6번 뇌……

—내 이름은 차태혁… 죽은 척했지만 필사적으로 살았어. 내 왕국인 이온용액 안에서…….

무슨 말인지… 그나저나 한국인이었나? 미국에서 가져왔다고 들었는데?

—넌 이미 내 기원을 알고 있어. 그러니 다만 이름만 기억해주면 돼. 차 박사의 눈만 바라보면 돼.

눈? 그게 다야?

—그 이후까지는 내가 관여할 수 없을 테니까.

이봐. 6번 뇌.

—마음 같아서는 그 인간, 직접 죽여달라고 하고 싶지만 다른 방법도 있으니까.

원한이 있구나?

—그런 거 있어. 가장 기대했다가 가장 처절하게 배신당한 원한. 그걸 갚아주기 위해 혼을 뇌에 모았고 그 힘으로 박사를 연구했는데…….

박사를 연구해? 말이 거꾸로야. 차 박사님이 너를 연구했지.

—다들 그렇게 알고 있겠지. 하지만 아니야. 연구의 주체는 나였어. 그들이 나를 관찰한 게 아니라 내가 그들을 관찰하고 명령한 거지.

명령까지?

—강력한 세타파… 그걸로 상대와 동화되면 가능해. 간단한 명령… 예를 들면 이온액 농도를 바꾼다든지 온도를 조절한다든지. 만약, 내가 뇌 표본이 아니었다면 더한 것도 가능했을 거야. 상대의 신경전달물질을 자극할 수도 있으니까.

허얼!

—아무튼 슬슬 그 인간을 징치할 수준에 이르고 있었는데… 미안, 길게 설명할 시간이 없네. 느닷없는 낙뢰 덕분에…….

대체…….

—눈… 부탁해. 그걸 보면 모든 걸 알게 될 거야. 대신 힘들더라도 두 번 봐줘.

두 번!

—응, 두 번!

그 말은 변곡된 음처럼 멋대로 늘어져 버렸다. 동시에 우주가 단 하나의 물체로 집약되기 시작했다. 끈끈한 촉수를 가진 이상한 물체. 꼬리의 돌기들이 무수하게 손을 뻗는 괴상한 운동성. 그 사이에서 배어나오는 아스라한 이온 물질. 그것은 마치 영화 속의 한 장면처럼 강토 앞에서 우아한 빛이 되더니 꾸벅 인사를 남기고 소멸해 버렸다.

안녕!

아련한 한마디가 들려왔다. 6번 뇌의 소리였다.

화아악!

화답이라도 하듯 강토의 뇌 안에 찬란한 섬광이 터져 올랐다.

우억!

화아아악!

제곱 단위로 밝아지던 섬광은 딸각, 하는 감각과 함께 순식간에, 제로로 돌아갔다.

"우어억!"

강토는 생경한 느낌에 몸을 비틀며 눈을 떴다.

지직!

"……?"

지지직!

온몸을 자극하는 전율이 느껴졌다. 흡사 생체 전기랄까? 그런 느낌이 머리에서 발끝까지 오르락거렸다. 다행히 죽도록 아프지는 않았다.

휴우!

숨을 고르자 조금씩 정상으로 돌아왔다. 한 번 더 고르자 이제는 차라리 개운했다. 머리 밀도가 높아지고 사이다의 탄산으로 뇌 청소한 기분이랄까? 눈빛도 어쩐지 맑아진 느낌이 들었다.

강토는 머리를 갸웃하며 천천히 고개를 돌렸다.

오른쪽!

거긴 흰 벽이었다.

왼쪽!

"……?"

참담한 풍경이 보였다. 전체적으로 흰빛에 섞인 소독약 냄새와 신음소리. K대학 부속병원이었다. 그것도 중환자실이었다. 멀리 겨누었던 시야를 가까이 거둬들였다. 마지막으로 강토의 눈에 닿은 건 바로 옆 침대의 환자였다.

'차 박사?'

강토는 눈을 의심했다. 강토의 옆에 누운 사람은 백지수표 차 박사가 분명했다.

제2장
시크릿 메즈

'차 박사가 왜?'

깊게 생각할 여력도 없이 머리가 아뜩해지면서 온몸에 맥이 풀렸다. 강토는 까무룩 무너졌다.

"어머!"

그 모습이 간호사의 눈에 닿았다. 그녀가 다가와 강토의 눈을 까뒤집고 플래시를 비췄다.

"선생님, 이 환자 정신이 들었어요!"

간호사가 소리치지만 의사는 별 관심을 보이지 않았다. 이곳은 중환자실, 누군가 방금 죽었다고 해도 그들에게는 그저 일상에 불과한 일인 모양이었다.

"차 박사님은?"

때늦게 다가온 의사의 관심은 차 박사에게 있었다.

'나쁜 새끼.'

히포크라테스의 선서를 했을 주제에 환자 차별이라니. 강토의 목구멍에서 욕설이 아른거렸다.

"아직……."

"이 환자가 현장에서 발견된 알바생이었나?"

강토를 향한 의사의 말투는 심드렁하게 들렸다. 중환자실에서조차 강토는 찬밥이었던 것이다.

"그래도 재수는 좋군. 위기는 넘긴 거 같은데?"

강토를 체크한 의사가 중얼거렸다. 강토의 귀에는 빈정거림으로 들렸다. 생각 같아서는 당장 일어나 죽통을 날리고 싶었지만, 그만한 힘이 근육에 맺혀오지 않았다.

"이 친구는 됐으니까 내일 아침에 일반 병실로 옮기고 차 박사님에게만 올인하도록."

의사는 지시를 남기고 멀어졌다. 간호사의 발걸음도 의사를 따라갔다.

'씨발…….'

실험실에서 마지막으로 뱉었던 욕설이 다시 혀끝에 맴돌았다. 가련한 알바생 처지 같으니. 만약 박사급 연구원이거나 정직원이었다면 이런 대우는 하지 않았을 것이다.

그나저나 백지수표 차 박사는 왜?

숨을 고르고 차 박사 침대를 돌아보았다. 다시 보아도 차 박사가 분명했다. 그런데… 이건 또 뭘까? 갑자기 알지 못할 적개심이 느껴졌다.

적개심?

고개를 저었다. 존경하는 차 박사에게 웬 적개심? 아무래도 병원에 누워 있을 만한 상태가 분명했다.

아무튼 논리는 명쾌하지 못했다.

차 박사!

분명 청와대 측 인사와 퇴근을 했었다. 쏟아지는 폭우 속에 유유히. 실험실 사고는 그 이후에 일어났다. 아무리 기억을 더듬어도 차 박사가 끼어든 상황은 없었다.

그런데, 그런데 왜 이 백지수표가 강토 옆에 누워 있단 말인가? 왜 여기 누워서 알바 신세를 한 번 더 비참하게 만든단 말인가?

가만히 손을 들었다. 더럽게도 많은 선이 달라붙어 있었다. 손의 냄새를 맡고 싶었다. 실험관에서 뒤집어쓴 이온용액 생각이 난 것이다. 그 안에서 잡았던 6번 뇌와, 폭발한 그것 생각이 난 것이다.

"……?"

겉보기에는 별 이상이 없어보였다. 그렇다면 그 일들은 다 꿈이었던가? 뭐 그럴 수도 있었다. 어쩌면 강토가 6번 뇌의 이온관 안으로 들어간 일조차도 꿈일지 몰랐다.

불멸의 뉴런?

매직 뉴런?

그런 게 있을 리가.

하지만!

꿈이 아닌 게 있었다. 손끝이었다. 손목이었다. 그리고… 팔과 어깨, 심지어는 눈과 머릿속까지도……

지직!

뭔가 느껴졌다. 소리조차 없는 뇌 안의 아우성. 캄보디아의 스펑 나무에서 떨어졌을 때, 그때 느꼈던 것처럼 머릿속에 전자파 덩어리 같은 게 기어 들어온. 그러나 그때와는 전혀 다른 감각… 강토는 의식적으로 몸을 움직여 보았다.

뒤척!

비틀면 어깨를 따라,

바스락!

발을 들면 하체를 따라,

온몸에서 생체파가 지글거리는 느낌이 따라왔다.

'시냅스?'

희미하게 보였다. 뉴런의 흔적이다. 저희들끼리 말단으로 연결되어 통통거리고 있다. 눈을 감았다 떠도 결과는 같았다.

말도 안 돼.

6번 뇌가 말한 뉴런이, 온몸에 방탄 갑옷으로 휘둘러졌단 말인가?

다시 고개를 돌렸다. 정 박사와 김 박사, 하다못해 연구소 직원이라도 찾아야 했다. 대체 무슨 일이 일어난 건지. 어디까지가 꿈이고 어디까지가 현실인 건지……

그때 간호사 데스크 앞의 텔레비전에서 뉴스가 흘러나왔다.

"총선을 앞두고 여야가 첨예한 대립을 하는 가운데 여당 내에서 자파 공천을 위한 기세 싸움이 극에 달해 국민들이 스트레스를……"

정치 뉴스…….

병실에서도 피할 수 없는 뉴스였다. 여당 거물들이 화면에 아른거리더니 보도가 바뀌었다.

"다시 사건사고 소식입니다. 나흘 전 발생한 K대 뇌과학연구소 폭발사고는 낙뢰로 인한 사고로 밝혀졌습니다. 경찰과 소방당국은 연구소 측이 설비용량을 초과하는 실험기자재의 작동으로 과부하를 일으킨 혐의를 잡고……"

강토는 뉴스를 향해 귀를 쫑긋 세웠다. 앵커의 말은 천천히 이어졌다.

"한편 같은 날 청량리 유흥가 부근의 건물 뒤에서 의식불명으로 발견된 뇌과학연구소장 차일환 박사의 사고는 연구소 사고와는 무관한 것으로 연구 과중으로 인한 심근경색의 발작이 원인……"

앵커의 말은 거기서 잠시 끊겼다. 반대편 구석의 중환자가 비명을 지른 까닭이었다. 간호사들이 달려가서 수습이 되고서야 앵커의 뉴스가 다시 들려오기 시작했다.

"이상으로 사건사고 소식을 마치겠습니다."

"……?"

강토의 미간이 살짝 일그러졌다. 잠깐 듣지 못한 구간이 있지만 강토에 대한 언급은 전혀 없었다. 이 또한 존재감 없는 알바생의 비극이었다.

"저기요!"

의식이 제대로 돌아온 강토가 간호사를 불렀다. 아까 그 간호사가 강토를 바라보았다.

"괜찮아요?"

침대 각도를 세워준 간호사가 물었다.

"물 좀 마셔도 돼요?"

"아직요. 의사 선생님께 물어볼게요."

"그냥 한 잔 주세요."

"네?"

"안 마시면 죽을 거 같다고요."

"아, 알았어요."

간호사는 마지못해 수락해 주었다.

물맛은 쓸개즙처럼 썼다.

나흘!

나흘이란다. 강토가 의식을 잃고 쓰러진 시간. 그동안에 몸 안에 무슨 조치를 해놓은 걸까? 조금 더 자유로워진 손으로 몸을 확인해 보았다. 크고 작은 외상이 보이지만 큰 대미지는 없는 것 같았다. 다행이었다.

"함부로 움직이면 안 돼요. 제가 담당 의사 선생님을 불러올게요."

간호사는 신신당부를 하고 중환자실을 나갔다.

다시 강토의 눈에 차 박사가 들어왔다.

다시 까닭모를 적개심 작동.

젠장!

그나저나 심근경색?

이 사람, 심장이 안 좋았던가?

아이러니였다. 병을 고치는 의사가, 그것도 세계적으로 손꼽히는 뇌과학자가 자기 질병 하나 간수하지 못하다니. 왠지 무술 고단자가 동네 양아치 일진에게 개박살 난 것처럼 어이없다는 생각이 들었다.

바로 그 순간,

차 박사가 꿈틀 손가락을 움직였다.

"……?"

잠시 후, 차 박사의 눈꺼풀도 저절로 열렸다.

"……!"

차 박사의 무의식적 경련이었다. 초점 없는 눈이 그걸 증명하고 있었다. 강토는 눈을 감았다 떴다. 바로 그 순간, 자신도 모르게 뇌 깊은 곳에서 아드레날린이 자극되며 전의가 끓어오르기 시작했다.

지직지직!

인체 표면을 따라 강력하게 올라오는 뇌파의 자극. 전기적 자극인 듯 화학적 자극인 듯한 그 자극. 동시에 또렷한 생각 하나가 강토의 뇌를 압박해 들어왔다.

눈!

차 박사의 눈.

'차 박사의 눈을 바라봐 줘.'

6번 뇌가 말하던 바로 그 눈.

'눈을?'

시크릿 메즈!

불멸의 매직 뉴런!

그거 꿈 아니었나?

강토는 주저했지만 시선은 벌써 차 박사의 눈을 겨누고 있었다.

울컥!

강토는 소리 없는 파동막을 맞은 것처럼 움찔거렸다. 자신도 모르는 아우성이 일어난 것이다. 피부였다. 머리였다. 끝도 알 수 없는 뇌 속이었다. 머리에서 발원된 파동은 눈을 통해, 소리도 형체도 없이 날아갔다. 그 파동이 도착한 곳은 놀랍게도……

차 박사의 머리였다.

광속!

그런 비행기를 타고 밖을 내다보면 이런 기분일까? 아찔한 속도감 속에서 차 박사의 뇌 속 구조가 언뜻언뜻 엿보였다.

강토의 뉴런은 강력한 이온의 힘으로 겹겹 진을 친 시냅스의 문을 열었다. 맞춤형 나트륨 이온 앞에 축색은 스파인을 부풀리며 화답했다.

전두시각령의 주름을 지나고 전두 연합령을 지나고, 두정엽과 후두엽을 통과했다. 다음으로 편도체의 뉴런들을 지나 유두체, 해마옆이랑을 끼고 해마에 닿았다. 거기서도 쉬지 않았다. 기세를 몰아 대뇌피질로 들이친 6번 뇌의 뉴런들은 측두엽의 시각령과 청각령을 낱낱이 훑더니 기억을 획득하는 CA1령, 기억을 불러일으키는 CA3령까지 도달한 후에야 광속 돌진을 멈췄다.

모든 것은 순식간. 그것은 마치 엔터 명령을 따라 검색어를 보여주는 컴퓨터와 같았으니 광속으로 측두엽에 도착한 뉴런은 여섯 층의 단계를 밀고 내려가 차 박사의 기억 서랍을 열었다. 심연보다 더 깊은 은밀함의 끝이었다.

시크릿 메즈!

그 믿지 못할 시킬이 시전되는 순간이었다.

오픈!

첫 서랍에 닿았다. 그게 비밀이라는 것, 감정으로 이입되어 왔다. 마치 강토 자신의 비밀을 은밀하게 떠올린 것처럼.

'웃!'

한 번 더 움찔하는 사이에 최초의 서랍이 열렸다. 기억을 따라 정보가 강토에게 역입력되기 시작했다.

여자가 있었다.

청량리 588 부근이었다.

골목 끝에 정육점 불빛 네온사인이 보였다.

장미모텔!

낡은 간판의 작은 모텔 안이었다.

차 박사는 늘씬한 여자와 변태적인 성교에 몰입했다. 구석에는 우산이 보였다. 연구소에서 쓰고 나간 그 우산이었다. 차마 눈 뜨고 볼 수 없는 광경이었다. 온갖 변태적인 성교를 마친 차 박사는 마지막으로 여자의 나신 위에서 야수의 교성을 내지르며 폭발을 마쳤다.

오서영!

기억 속에서 선 여자의 이름은 오서영. 아무런 부끄럼도 없이 속옷을 챙겨 입은 그녀 앞에 돈뭉치가 던져졌다. 5만 원권 한 다발이었다. 여자는 껌을 짝짝거리며 돈뭉치를 집더니 차 박사의 지퍼를 열고 물건을 꺼내 라스트 서비스를 안겼다. 기름진 단발머리를 한 채 고혹적으로 올려보며 서비스에 몰입하는 여자. 천국을 들락거리는 차 박사. 가히 환상의 짝꿍 파트너였다. 게다가 박사는 여자의 단골.

단골……

〈새디스트!〉

차 박사의 온화함 뒤에 숨은 건 새디스트.

초절정의 변태였다.

비밀스러운 기억 정보를 넘겨받은 강토는 머리를 저었다. 이게 무슨 변괴란 말인가? 차 박사의 기억이 반응하는 것도 생경했지만 고귀한 백지수표 박사가 변태라니?

우욱!

스킬 시전이 끝나자 부작용이 따라왔다. 강토가 휘청 흔들렸다. 라면발 같은 뇌 주름이 마디마디 잘려 나가는 느낌이었다.

온몸의 맥이 하염없이 풀리며 아찔해진 것이다.

하아하아!

기를 쓰고 버텼다. 의식은 한참이 지나서야 느슨하게 돌아왔다. 단순히 눈을 바라본 것에 불과하지만, 굉장한 대미지가 분명했다.

하아하아!

겨우 숨을 고르며 생각했다.

—시크릿 메즈.

—매직 뉴런!

6번 뇌 차태혁의 말은 거짓이 아니었다.

'고귀한 백지수표 박사가 변태성욕자?'

그 또한 엄청난 충격이었다.

차태혁이 밝히고 싶었던 진실은 이것이었을까? 그리고 그 변태의 희생자는 혹시 6번 뇌 자신? 어쨌든 숙제 하나를 풀었다. 6번 뇌가 말한 의미를 깨닫게 된 것이다.

'뇌 안에 불멸의 매직 아이템 하나.'

차태혁의 말처럼 특별한 건 틀림없었다. 타인의 비밀을 들여다볼 수 있는 스킬이라니. 게임 속이 아니라 현실에서도 가능하다니. 초대박이 아닌가?

응?

한숨을 돌리다 문득 부록으로 딸린 과제가 스쳐갔다.

'그 인간은 두 번 봐줘.'

두 번?

왜?

반문이 들었다.

그럴 필요가 있을까? 변태성욕자라는 사실만으로도 차 박사
는 충분히 치명적이었다. 더구나 직업여성과의 성매매. 까발려
진다면 매장되고도 남을 일이었다. 그런데도 차태혁은 절박했
었다. 그럼 뭔가 다른 게 있지 않을까?

적개심이 호기심의 등을 밀었다. 강토는 한 번 더 차 박사와
시선을 맞췄다.

'와아앗!'

두려움을 알고 시작했지만 아뜩함은 아까와 또 달랐다. 마치
뇌 전체에 전자파 폭풍을 맞은 듯 아찔한 느낌이 온 것이다. 강
토는 처음보다는 더 고통스러운 시선으로 간신히 시냅스 폭풍
을 바라보았다. 뉴런의 폭풍에 실린 시냅스 파동. 그 고요하면
서도 광폭한 파동이 엮어내는 이온 쓰나미. 그건 뇌 안에서 우
주가 폭발하는 듯한 아찔함이었다.

우워어!

고통이 머리부터 발끝까지 따라왔다. 매 초마다 온몸이 폭사
당하는 고통. 그 고통의 끝자락에 환각 같은 기억 하나가 아스
라이 맺혀왔다.

—미국이었다.

—실험실이었다.

기억 안으로 들어온 아까 그 장면.

바로 거기였다.

                    *   *   *

  실험실 벽에는 고정액에 잠긴 뇌 표본이 가득했다.

  실험대 위에는 젊은 남자가 누워 있었다. 알몸의 그는 온갖
센서에 연결되어 있었다. 다만 하반신이 거의 없었다. 흔적뿐이
다.

  선천장애인이었다. 차 박사는 메스를 들고 있었다. 남자는 움
직이지 않았지만 딱 하나의 움직임이 보였다.

  동공!

  그게 떨고 있었다. 아직 숨이 끊어지지 않은 남자. 그 남자의
뇌를 꺼내는 것이다. 놀랍게도 아까 본 기억 정보와 똑 같았다.
싱크로율 100%.

  아들 살인!

  차 박사의 기억이 감정을 전해왔다. 남자는 처절한 공포심,
차 박사는 극도의 이기심. 엇갈린 감정 속에서 차 박사는 끝내
두개골을 열었다. 산 남자의 그것을.

  〈아들 살인〉

  ─그 이름은 차태혁.

  ─산 사람의 뇌를 들어낸 건 차 박사.

  ─그 엄마의 뇌를 들어낸 것도 차 박사.

  ─모자가 죽은 사람처럼 보이도록 일을 꾸민 것도 차 박사.

  "……!"

이번에는 강토도 제대로 버티지 못했다. 아까 상기한 기억과 차 박사의 비밀이 매칭되는 순간, 격한 충격으로 나가떨어져 버린 것이다.

쿵!

어찌나 전격적이었는지 침대 전체가 출렁거렸다.

"괜찮아요?"

담당 간호사가 뛰어왔다. 대답하지 못했다. 그럴 정신도 없었다.

"이봐요, 이봐요!"

간호사가 흔들어주고서야 숨 하나가 밀려 나왔지만 몸 안에 진동기라도 든 것처럼 와들거림이 멈춰지지 않았다. 진정제가 투여되었다. 그제야 조금씩 안정이 된 강토…….

"무리하면 안 돼요. 선생님 곧 오실 거니까 얌전히 누워 계세요."

숨을 돌린 간호사가 강토를 진정시켰다.

"그보다… 차 박사님……."

강토는 겨우 옆 침대를 돌아보았다. 그때까지도 목소리가 맹렬하게 떨고 있었다.

"어머!"

돌아보던 간호사가 비명 섞인 소리를 냈다.

"차 박사님 눈이 열렸네. 수 선생님, 차 박사님 동공이 열렸어요!"

바로 호들갑 작렬이다.

차마 못 볼 꼴이었다.

인간 신분에 귀천이 없다고 누가 말했던가?

병원장이 오고,

진료부장과 간호부장도 달려왔다. 어떻게 알았는지 정 박사와 김 박사, 그 뒤를 이어 청와대 관련자인 장철환과 대학 이사장도 빠지지 않았다.

"차 박사니임……."

말투조차도 미치도록 애절하다. 병원 스태프들의 설명은 너무 정중하기까지 해서 닭살이 오싹오싹 돋을 정도였다.

그에 비해 이강토…….

의식은 또렷하건만 누구도 눈길 한 번 주지 않았다. 기분 더러웠다.

의료진이 집중한 탓일까? 차 박사의 의식이 돌아왔다.

"와아아!"

짝짝짝!

중환자실에 환호와 박수가 울려 퍼졌다.

간호사들까지 도열해 박수를 친 것이다. 잠시 후에 취재진들이 들이닥쳤다. 그들은 차 박사를 촬영하고 인터뷰까지 마쳤다. 국민적인 관심사란다.

"장 고문님과 식사를 마치고 헤어진 후에 성바오로 병원에 지인 문병 차 잠시 들렀다가 나왔는데 뒷골목 쪽에서 비명 소리 같은 게 들렸습니다. 무슨 일인가 가보려던 길에 갑자기 심장이……."

차 박사는 급작스러운 심근경색 발생 과정을 그렇게 설명했다.

"큰일 날 뻔하셨습니다."

장철환이 대표로 말했다. 침대 근처의 인사들은 전부 고개를 끄덕였다.

인파는 신분 순으로 퇴장했다. 장철환과 이사장, 병원장이 먼저였고, 진료부장과 기타 박사들, 그들 시중을 들던 연구소 직원 둘⋯⋯.

끝까지 남은 건 정 박사였다. 행색을 보아하니 병원 복도에서 밤 좀 지새운 꼴이었다. 그녀는 그제야 강토를 돌아보았다. 귀차니즘이 덕지덕지 달라붙은 얼굴이었다.

〈뇌부터 수습해요. 알바생은 중요하지 않아요!〉

강토는 그녀의 말을 또렷하게 기억하고 있었다.

씨푸알녀언!

강토를 뇌 표본만큼도 취급하지 않았던 그 여자 정선애 박사. 그녀의 얼굴에 차태혁 뇌의 이미지가 겹쳤다.

—차 박사에게서 엿본 비밀.

—말도 안 되는 그 비밀.

—그 비밀을 연 시크릿 메즈.

현실일까?

아니면 환상일까?

현실이라면, 정 박사에게도 먹히는 아이템일까?

해보면 알지.

'어디……'

강토는 그녀의 눈을 겨누었다. 이제는 까닭모를 적개심의 발로가 아니라 강토의 의지였다. 이미 대미지가 수반되는 걸 온몸으로 학습한 강토. 침대 모서리를 죽어라 부여잡고 이를 문 채 정 박사의 눈을 바라보았다.

'윽!'

불끈 힘을 주자 온몸에서 튀어나온 파동이 소리없는 물결을 이루기 시작했다.

열려라, 시크릿!

강토는 그녀의 눈을 집중했다. 그새 눈 속으로 들어간 뉴런의 파도는 정 박사 뇌 안의 뉴런을 들이치기 시작했다.

통과!

통과!

최적의 나트륨 이온을 받은 뉴런들은 엄청나게 부푼 스파인으로 광속 진행 도우미 역할을 해주었다. 하지만 어쩐지 차 박사와는 달랐다. 최종 목적지로 보이는 곳에 도착했지만 풍경이 살짝 달랐던 것.

'몇 겹으로 이어진 벽이 보이지 않아……'

고개를 갸웃거렸지만 상관없었다. 아무튼 비밀 서랍의 광장에 다다르기는 했다. 강토는 맨 앞 서랍을 여는데 성공했다.

―연구 데이터 보관실이었다.

―안에는 공진구 박사가 있었다.

―뭔가의 데이터를 검색 중이다.

그 안으로 정 박사가 들어왔다. 커피 두 잔이 들려 있다. 커피를 마시는 중에 공박사의 손이 정 박사 어깨로 올라갔다. 정 박사가 안겼다.

잠시 후…….

공박사가 데이터실 문을 안으로 잠갔다. 그리고… 다급하게 정 박사의 입술을 덮쳤다. 둘은 가뭄 끝의 단비처럼 서로를 탐닉했다. 실험 가운을 입은 채 둘은 요긴한 부위만을 열어 볼일을 마쳤다. 숨을 할딱이는 정 박사의 표정은 나긋나긋하고 행복해 보였다.

〈유부남 공진구 박사와 불륜 중〉

맙소사!

정 박사의 최근 비밀은 불륜이었다. 그것도 같은 연구소의 유부남 공박사와.

공진구 박사.

—어쩐지 서로를 대하는 눈빛이 알뜰살뜰하더라니.

—오냐, 그게 사실이라면.

—퇴원하기만 하면 두고 보자.

—그동안 나 엄청 갈구었지?

—너 딱 걸린 거야!

강토는 격렬한 피로감 속에서 안도를 느끼며 까무룩 잠이 들었다. 그 순간, 정 박사는 움찔 침대의 모서리를 짚었다. 뭔가 머리를 휘돌아나간 듯한 아득함. 그녀로서도 난생 처음 느끼는 작용이었다.

'며칠 신경을 너무 썼어.'

정 박사는 머리를 저었다. 실험실 대참사에 이어진 차 박사의 비보. 그러나 차 박사의 의식이 돌아왔으니 완벽한 파국은 면했다. 게다가 사고의 원인은 낙뢰로 나왔으므로 천재지변에 속하는 일. 이제 차 박사가 일어나면 연구는 다시 진행될 일이었다.

그녀의 밥그릇은, 여전히 보장되고 있었다.

후우!

정 박사는 잠든 차 박사의 얼굴을 내려보며 숨을 골랐다.

"형!"

문이 열리자 반가운 얼굴이 들어왔다. 작은 지하벙커에 함께 사는 후배 덕규였다. 냉정히 말하면 강토가 덕규의 셋방에 얹혀사는 신세.

이른 아침, 강토는 병실을 옮겼다. 대한민국 보통 사람들에게 익숙한 6인실이었다.

"왔냐?"

"괜찮아?"

"뭐 그럭저럭… 아!"

몸을 움직이던 강토는 온몸이 결리는 걸 느꼈다. 아직은, 다 괜찮은 게 아니었다.

"그래도 진짜 다행이다. 처음에 형 봤을 때 아주 사망하신 줄 알았거든."

"자식, 말을 해도……."

"농담 아니거든. 그때는 진짜 사람 꼴 아니었어. 의사들도 뇌에 심각한 문제가 있는 거 같다고 그랬고."

"연구소에서 너한테 연락한 거냐?"

"아니, 내가 방송 보고 찾아갔지."

"그래?"

그럼 그렇지.

다시 한 번 부아가 치밀었다.

"대체 어떻게 된 거야? 처음에는 형 잘못 때문에 사고가 커진 것처럼 뉴스가 나왔었어. 연구소 사람들 분위기도 그랬고."

"뭐야?"

"알바생이 호기심으로 이것저것 막 건드렸을 수 있다고……."

"아니, 어떤 인간이?"

"정 박사도… 인터뷰에서……."

"정 박사?"

뚜껑이 제대로 열리고 말았다. 실험실 사고는 우연한 것이었다. 그것도 아니면 시설 미비였거나. 문과 출신 강토가 무슨 과학적 실력이 있어서 연구소에 낙뢰를 떨어뜨릴 수 있단 말인가. 진짜 그런 재주가 있다면 당장 정 박사의 머리통 위에 퍼붓고 싶었다. 아니, 그전에 이미 노중권이라는 인간부터 손봤겠지만.

"으아, 그 여우 진짜……."

"여우?"

"넌 몰라도 돼."

"그리고……"

대화를 나누던 덕규가 잠시 말문을 더듬었다.

"왜?"

"실은… 형 아버지 와 계셔."

"아버지?"

놀란 강토가 자세를 바로 잡았다.

"아버지도 뉴스보고 오신 거냐?"

"아니, 뉴스에는 형 인적사항 안 나왔어. 그리고 형이 원치 않는 것도 알지만 의사들이 어쩌면 죽을 지도 모른다고 하길래 내가 형 핸드폰에서 아버지 번호 따서……"

"아… 너는 왜 시키지도 않은 짓을……"

"미안해."

덕규가 핸드폰을 내밀었다. 간호사들이 보관하던 걸 받아두 었다가 내미는 덕규였다.

"됐어. 돌팔이들이 그렇게 말했다면 나라도 어쩔 수 없었겠 지? 어디 계시냐?"

"들어오시네."

덕규가 돌아보는 순간 병실문이 열렸다. 그 사이로 들어선 건 강토의 아버지 이상국이었다.

"오셨어요?"

강토는 침대에서 뻘쭘하게 인사를 올렸다.

"괜찮냐?"

가까이 다가온 아버지가 물었다.

"예… 걱정시켜드려 죄송해요."

"그건 내가 할 말이지. 애비가 면목이 없구나."

"아버지가 왜요? 그냥 알바 뛰다가 생긴 일인데……."

"뇌파 실험 알바였다고?"

아버지의 미간이 구겨졌다. 강토는 그 의미를 알고 있었다. 초등학교 때, 캄보디아의 사고 이후 머리와 관련된 건 다 걱정하는 아버지였다.

"예……."

"건강에는 지장이 없는 일이냐?"

"그럼요."

"기왕 한 일이니 어쩔 수 없다만 다음부터는 알바를 해도 이런 일은 말 거라. 그렇잖아도 넌……."

"……."

"이거 받아라."

아버지가 봉투 하나를 내밀었다. 돈이었다.

"웬 돈을요?"

"연구소 측에서 100만 원 봉투 하나를 주더구나. 원래 알바생이라 치료비만 부담하면 되는데 연구소 배려로 특별히 주는 위로금이니까 이번 사고와 관해서 떠들지나 말고 다니라고……."

"연구소에서요?"

"마음에서 우러난 돈이 아닌 거 같아서 면전에다 도로 던져 주었다."

"……"

"몇 푼 안 된다. 병원비는 저들이 낸다고 하고 또 당연히 치료 받아야 할 권리이기도 하고… 퇴원하면 싼 보약이라도 한 제 지어 먹거라."

"아버지……."

"다행히 큰 이상은 없는 거 같으니 애비는 그만 가보마. 저녁에 어선이 출항해야 하거든. 갑자기 사람 구하기도 힘들고……."

"돈은 필요 없습니다. 저 문제없으니까 가져가세요."

"애비 말대로 해라. 취직에도 돈은 필요할 테고."

"하지만……."

"힘이 못 돼서 미안하구나. 애비가 이 모양이라……."

거칠어진 아버지의 손이 강토의 손을 잡았다. 순간 강토의 심장이 울컥 반응을 했다. 여자 손처럼 매끈하던 아버지의 손. 한때는 잘 나가는 벤처 중견기업의 사장으로 강토의 자랑이었던 아버지. 그러나 장비 납품을 받던 대기업 노중권 전무의 농간으로 하루아침에 몰락한 아버지…….

노중권 전무…….

강토는 그 이름을 또렷이 기억하고 있었다. 지금은 대기업 계열사의 전문 경영인이 되어 국회의원 후보 물망에도 오르락거리는 인간. 그러나 그 인간도 차 박사처럼 두 얼굴을 지니고 있었다. 바로, 아버지가 개발한 신기술을 경쟁사 중소기업에 빼돌려 회사를 도산시켜 버린 것이다.

"강토야!"

기술을 훔친 경쟁사가 똑같은 제품을 헐값에 납품하게 되자 설 곳을 잃은 아버지, 당시 고2였던 강토를 불렀다. 학원에서 돌아온 강토, 아버지 표정이 심상치 않음을 알았다. 아버지는 3년 전에 죽은 엄마의 영정 앞이었다.

"너 내 아들 맞지?"

첫 마디부터 비장했다. 아버지는 강토 앞으로 들어둔 적금과 보험, 기타 통장 하나를 건네주며 뒷말을 이었다.

"남자는 자기만의 황야가 있는 법이다. 네게 그 황야의 문을 조금 일찍 열어주게 되었어."

"……."

"네가 대학 들어갈 때까지 만이라도 참을까 했는데……."

"……."

"애비는 좀 먼 여행을 떠난다. 애비가 하던 말 잊지 않았지?"

"난 놈, 든 놈, 된 놈 중에 된 놈이 되어라……."

"고맙게도 기억하고 있구나."

"……."

"잘할 수 있지?"

아버지의 두 손이 어깨를 잡았었다. 뭔지 모르지만 뭔지 알 것 같은 아버지의 마음. 그 기세가 너무 높아 강토는 고개를 끄덕이고 말았다.

그길로 집을 나선 아버지는 노중권을 찾아가 칼로 배를 접수해 버렸다. 아버지다운 일이었다. 노전무는 배에 구멍이 났지만 무사했다. 무사하지 못한 건 아버지였다. 집안이 빵빵한 노전무 측에서 검찰 인맥을 동원해 살인미수를 적용했고 최고형량인 무기징역을 때린 것이다.

형량은 법정에서 9년으로 줄었다. 강토가 대학을 마칠 무렵 출소한 아버지는 속초로 낙향했다. 그리고 지금은 연근해 통통선의 선원으로 일하고 있다.

"간다!"

아버지는 짧은 한마디를 남기고 돌아섰다. 절룩, 아버지의 장애가 눈에 밟혀왔다. 노전무를 찌르던 날 생긴 장애였다. 차를 막아선 아버지, 그 아버지를 그냥 밀어버린 노전무. 그로 인해 관절에 변형이 생겨 장애를 입었지만 검찰은 노전무의 편일 뿐이었다.

절룩!

아버지가 병실을 나갔다. 낮은 문소리와 절룩이는 다리의 잔상은 오래 머리에 남았다.

봉투 안에는 50만 원이 들어 있었다. 아버지는 돈이 없다. 어선을 탄지도 얼마 되지 않았고 장애 때문에 자주 타지도 못한다. 어쩌면 이 돈도 대출 받아왔을 지도 몰랐다.

'노 사장 개자식!'

잠시 잊었던 분노가 들끓었다. 몰락한 아버지를 보고 나니 다시 한 번 몸서리가 느껴졌다. 뒤를 이어 정 박사가 들어섰다. 그녀는 김 박사와 둘이었다.

"잠깐 자리 좀 비켜줄래요?"

정 박사가 덕규를 돌아보았다.

"동생이라 괜찮습니다."

강토가 브레이크를 걸었다. 실제로 덕규는 친동생과도 같았다. 신세도 많이 진 강토였다. 그러니 입맛이 뚝 떨어진 정 박사에게 쫓겨나는 꼴은 보고 싶지 않았다.

"이거 안 받았더군요?"

정 박사가 봉투를 들어보였다. 아버지가 말한 그 봉투인 것 같았다.

"이유는 아버지께서 말했다던데요?"

"받으세요!"

정 박사는 일방통행식으로 봉투를 던져놓았다.

"이런 식으로 말입니까?"

강토는 냉소를 머금은 채 고개를 들었다. 보아하니 이제 알바는 물 건너간 일. 그렇다면 딱히 비굴할 일도 없었다.

"실험실 CCTV 돌려봤어. 이번 사고, 당신 때문에 커진 거야."

옆에 있던 김 박사가 지원사격을 하고 나섰다.

"뭐가 문제라는 거죠?"

강토가 받아쳤다.

"아니면 그 난리 통에 왜 실험실에 들어갔어? 가서 무슨 짓을 한 거야? 그 틈에 비싼 장비라도 슬쩍할 생각이었나?"

"이봐요!"

발끈한 강토가 버럭 소리쳤다. 이 인간들, 대체 무슨 생각을 하고 있단 말인가?

"원래는 손해배상까지도 생각했었어요. 하지만 강토 씨 미래를 생각해서 봐주는 거니 연구소 일은 기억에서 잊어버리세요."

관망하던 정 박사가 지원사격을 날렸다.

"손해배상? 내가 왜?"

강토도 지지않았다.

"몰라서 묻나? 박살 난 실험실… 그 뇌 표본들이 얼마짜리인 줄 알기나 해?"

"당신은 알아? 그게 얼마짜리인 줄?"

닦아세우는 김 박사에게 강토가 얼굴을 들이댔다.

―시크릿 메즈.

―매직 뉴런 출격!

아이템이란 쓰라고 있는 것이다.

후우웅!

뇌파가 올라가자 강토의 뉴런들은 김 박사의 눈을 치고 들어갔다.

어디 한 번 보자고.

너는 대체 얼마나 깨끗하길래?

*   *   *

'윽!'

김 박사가 움찔거렸지만 이미 늦었다. 강토의 매직 뉴런은 어느 새 그의 뇌 속으로 들이쳐 마지막 관문에 버티고 선 뉴런의 시냅스들에게 시크릿 메즈를 발산하고 있었다.

'이 인간에게도 될까?'

잠시, 강토는 숨을 멈췄다.

첫 번째, 알아낸 차 박사의 비밀.

그리고 두 번째, 정 박사의 비밀.

마치 강토 자신의 기억인양 건너온 은밀한 곳의 기억 정보……

'온다!'

마지막, 측두엽의 뉴런들이 기억의 문을 열면서 김 박사의 비밀서랍 공간의 첫 번째 서랍도 강토의 뇌에 접수되었다.

바스락!

서랍이 열렸다.

우억!

토 나올 뻔 했다.

이 인간의 최신 비밀은 쪼잔의 극치를 달리고 있었다.

며칠 전 동네 마트.

2,500원짜리 발가락 양말 두 켤레를 구입하고 만 원짜리를 주었다.

다른 손님 때문에 바쁘던 아줌마가 착각을 해 7500원을 거슬러 주었다.

문을 나서며 보니 2,500원 횡재, 하지만 내친걸음이라 그냥 나와 버렸다.

잠시 후 아줌마가 달려와 물었다. 거스름돈 더 받지 않았냐고.

김 박사는 눈자위에 힘을 주며 말했다.

'이 아줌마, 사람 뭘로 보고······.'

흐얼!

명색이 박사라는 인간이 돈 2,500원에 양심을 팔다니······.

이건 그대로 패스하고 한 번 더 매직 뉴런의 출격.

이번에도 돈이 보였다.

이번에는 많았다.

—2천4백만 원!

건네주는 사람은 대머리의 장비 업자였다.

허름한 중국집 내실이었다.

중국집 간판은 자금성.

돈을 받은 김 박사는 밖으로 나와 자기 자가용 좌석 시트 밑으로 구겨 넣었다. 얼굴은 땀으로 범벅이 된 후였다.

〈2천4백만 원 뇌물수수〉

"······!"

구토 쏠리는 인간.

강토는 허덕이는 몸을 지탱하며 정신을 가다듬었다. 맥이 미치도록 풀렸다. 누군가의 기억을 거푸 여는 일은 강토에게도 심한 대미지가 따르는 일. 마치 여름철 땡볕 행군을 하던 중에 느끼던 무기력증, 땀을 쏟고 쏟아 맥이 쫙 풀리는 그런 느낌··· 그나마 처음보다는 견딜 만했다.

"이 친구 아주 맛이 갔군요. 감히 어디다 눈을 부라리고······."

머리를 두어 번 흔들며 정신줄을 세운 김 박사가 까칠한 반응을 쏟아냈다.

"맛이 간 거 아니거든. 다른 건 몰라도 얼마인 줄 아는 게 있으니까."

강토의 분노가 제대로 폭발했다. 아직은 검증하지 못한 이상한 현상. 무시를 당하자 꼭지가 딸깍 열린 것이다.

"뭐라는 거야?"

"2천4백만 원."

강토의 목소리에 힘이 들어갔다.

"뭐야?"

이때까지도 김 박사는 의기양양했다.

아닌가?

잠시 주저했지만 강토의 비밀 저격은 직진으로 날아갔다.

"누구한테 들었는데 중국집 자금성… 그 내실에서 속알머리 시원하게 벗겨진 장비 업자로부터!"

"……!"

"그리고 발가락 양말 값 2,500원도 웬만하면 돌려주시죠."

"……?"

순간 김 박사는 눈동자에 대지진이 이는 게 보였다. 그 반응은 강토의 눈에도 환한 불을 켜주었다.

—타인의 기억!

—그 기억 속에서 엿본 비밀!

—그러나 검증까지는 못했던 일.

그런데…

이렇게 검증이 된 것이다. 그러니까 그건 착각이거나 환상이 아니라 명백하게 타인의 기억이자 비밀을 접수하는 스킬이었던 것이다.

시크릿 메즈!

순식간에 상대의 비밀 창을 여는 오묘한 바이오 파워.

미치도록 마음에 들었다.

"이 돈은 접수하죠. 나도 그날 사고 때문에 죽을 뻔했으니까. 그런데 이걸로는 안 됩니다. 병원비는 당연히 당신들이 내는 거지만 최초 진단서 나온 대로 보상해 주세요. 처음에는 죽을 줄 알았다니 진단이 1—2주로 나온 건 아니겠죠?"

봉투는 당당하게 접수했다. 이제는 꿀릴 게 없었다. 차 박사에게 엿본 기억이 사실이라면, 정 박사의 불륜이 사실이라면, 나아가 김 박사의 뇌물수수가 사실이라면.

이들은 다 강토의 밥이 될 판이었다.

"이봐요!"

다시 정 박사가 나섰다.

"천만 원!"

강토는 단단하게 눈빛을 세웠다. 그날 사실, 죽을 뻔했었다. 그나마 나름 강심장이었기에 망정이지 약골이었다면 낙뢰에도 기절할 수 있었다. 더구나 이들은 다른 죄목까지도 지니고 있었다.

ㅡ인간 개무시!

바로 그것이었다.

첫 번째로 실험실 안에서, 의식을 놓는 강토에게 던진 인간 이하의 취급.

〈알바 따위는 중요하지 않아요!〉

두 번째로 강토의 아버지를 무시한 것.

그 두 가지만 해도 천만 원 가치는 넘을 것 같았다.

"지금 장난해요? 당신에게 손해배상 청구하려다 말았다는 거 못 들었어요. 연구소 입장에서는 그거 아직도 유효하거든요."

정 박사는 냉소를 뿜었다.

"그럼 박사님은 빠져요. 차 박사님하고 얘기하겠습니다."

"뭐라고요?"

"빠지라고요. 어차피 연구소의 실권자는 차 박사님 아닙니까?"

"이 사람이 진짜……."

"차 박사님 의식 돌아왔죠? 지금 어디 계신가요? 중환자실? 특실?"

"이봐요!"

"아님 공 박사라도 불러주시던가!"

"공 박사님?"

"당신하고 일심동체잖아요?"

갈기를 세우는 정 박사에게 강토는 슬쩍 떡밥을 던져놓았다.

"……?"

정 박사의 눈빛이 엉망으로 엉클어지는 게 보였다.

빙고!

그녀의 비밀도 사실이라는 반증이었다.

"덕규야, 그 남자 박사님 좀 모시고 나가 있어라. 내가 이 여자 박사님하고 긴밀하게 할 얘기가 있거든."

덕규에게 눈짓을 보냈다. 박사가 많으니 그것도 헷갈린다. 이미 허를 찔린 김 박사는 군말 못하고 덕규를 따라 나갔다.

"일심동체라뇨? 무슨 소리예요?"

정 박사가 도끼눈을 뜨며 자기 방어에 나섰다.

"데이터 보관실… 지난주에 당신이 커피 두 잔을 들고 들어갔다죠? 좀 민망하더라도 날짜하고 무슨 짓을 했는지까지 상세히 중계해 줄까요?"

"……!"

단 한 방이었다.

정 박사의 눈빛은 완벽하게 허물어졌다.

"당신……."

허둥대다 못해 갈라지는 정 박사의 목소리.

"하긴 놀랍겠군요. 내가 알바 끝나고 퇴근한 후에 생긴 일이니……."

"CCTV 해킹했어요?"

"해킹 같은 소리. 실험실에 벼락이 떨어졌을 때 당신이 나를 알바라고 개무시했으니 하느님이 보우하사 신이 나에게 당신의 치부를 보여줬나 보죠. 그러니 헛소리 말고 차 박사님이나 만나게 해주세요."

"차 박사님……."

"다시 말하지만 방금 전에 한 말, 그냥 한 말 아닙니다. 김 박사의 2천4백만 원 그것까지 포함해서……."

"……."

"정 박사님!"

"천만 원… 주도록 알아볼 게요."

숨을 고른 정 박사가 입을 열었다.

천만 원!

먹고 떨어져.

그렇게 판단을 내린 모양이었다.

천만 원 먹을까?

잠깐 그런 생각을 하는 사이에 입술이 멋대로 열려 버렸다.

"미안하지만 차 박사님께도 따로 볼일이 있거든요."

응?

돌연한 발언에 스스로 놀라버리는 강토. 강토의 의지와 다른 말이 튀어나온 까닭이었다.

"차 박사님께도요?"

"이 말을 전하세요. 청량리 588, 그리고 새디스트!"

이어지는 말도 같은 느낌이었다. 누군가 뇌 속에서 등을 미는 기분이었다.

"588? 새디스트? 무슨 뜻이죠?"

"그분이 아실 겁니다."

그 사이에 강토의 입술이 '자기 멋대로' 쐐기를 박아버렸다. 정말이지 자기 멋대로였다.

"뭐야? 두 사람, 기가 팍 죽어서 가던데?"

복도에서 들어온 덕규는 기가 산 표정이었다.

"다른 말은?"

"몰라. 둘이 속닥거리면서 갔어."

"심장이 쫄깃해졌을 거다. 내가 그것들 아킬레스건을 잡았거든."

"아킬레스건? 어떻게?"

"구린 비밀!"

"구린 비밀?"

"너 이거 보이냐?"

강토가 손가락 하나를 세워보였다. 덕규가 그걸 바라보자, 강토는 덕규에게도 시크릿 메즈를 작렬시켜주었다.

덕규의 비밀은…

—취업되었다고 엄마에게 사기!

아, 쪼잔한 놈.

비밀치고는 차라리 슬픈 일이었다.

덕규는 전문대학 졸업자.

새 봄에 어쩌다 걸린 면접에서도 역시나 불합격을 받아먹은 날, 그대로 고향 집에 내려가 사기를 쳤다. 입사 시험에 합격했다고. 때때마다 엄마에게 보고하기도 지친 덕규였었다.

강토와는 알바 때 만난 사이. 그때 의기투합해 덕규의 지하실 월세 보금자리에 합류한 강토였다. 무엇보다 마음이 맞았고 생활비를 줄여야 했다. 그렇다고 팔자 좋은 금수저들처럼 향긋한 암컷과 연합할 형편도 아니었던 것이다.

"쪼잔한 자식아, 비밀이라는 게 꼴랑 엄마한테 친 취업 사기냐?"

나른해진 정신줄을 가다듬으며 강토가 말했다.

"무슨 소리야?"

"제발 좀 그럴 듯한 비밀 좀 만들어라. 하다못해 1층 미용실 세경이 엉덩이라도 훔쳐보든가."

"내 비밀이 보여?"

"오냐!"

"내가 술 먹다가 형한테 말한 거 아니고?"

"내가 현실에서도 통하는 매직 스킬을 하나 득템했거든."

"형, 이거 몇 개?"

덕규가 손가락 두 개를 흔들어댔다.

"뒈질래? 나 한잠 할 거니까 출근이나 해라."

"아, 말도 마. 양 부장 개자식, 저도 못 받는 건을 던져놓고 나보고 해결하라고 지랄발광을 떨어서 미칠 지경이야."

"그때 말하던 그 건?"

"응!"

덕규가 고개를 끄덕였다.

덕규는 사채업자에게 발목이 잡혀 있다. 멋모르고 불법 변종 대출업체에서 급전 50만 원을 빌렸다가 날벼락을 맞은 것이다. 나중에 연리를 계산해 보니 무려 3000%. 부모를 찾아가겠다는 협박에 못 이겨 추심업체에 출근하게 되었다. 눈치 빠르고 몸이 탄탄한 덕규를 알아본 업체가 딜을 던진 것이다. 세 달 일하고 월급은 절반, 대신 빚을 퉁 쳐주겠다는 조건이었다.

하지만 허울에 불과했다.

은행권에서 회수불능 불량대출건을 똥값에 사들인 사채업자는 일당이 아니라 건수로 월급을 계산했다. 거기에 트릭도 보탰다. 출근한지 일주일 째 되는 날, 수상한 일이 벌어졌다. 덕규가 수금 받아온 돈이 가짜 수표였던 것.

원래 그 건은 양 부장 담당이었다. 그런데 순순히 덕규에게 건네준 건. 덕규에게 올가미를 건 거지만 증거가 없었다. 결국 덕규는 두 달을 더, 식비와 차비만 받는 조건으로 양 부장 똘마니가 되어야 했다.

"그러니까 경찰에 신고하랬잖아?"

"아, 내 비밀까지 안다면서 왜 그래? 시골 고향으로 내려간 우리 엄마, 나 잘된 걸로 알고 있는데 사채업자들이 찾아가면 혈압으로 쓰러질 지도 몰라."

그 말에는 할 말이 없었다. 풋사랑이 배신을 때리는 통에 험한 청량리 588에서 싱글맘으로 덕규를 키워낸 덕규 엄마. 이제는 고향으로 내려가 덕규 하나 바라보고 사는데 지병인 고혈압을 터뜨릴 필요는 없었다.

"아무튼 고생은 나 혼자 해도 되니까 그만 가라. 한잠 때린 후에 연구소 인간들 만나고 나서 퇴원할 테니까."

"퇴원해도 된대?"

"아니면? 이미 한판 붙었는데 연구소에서 뒷바라지해주겠냐?"

"뭐 그건 아니올시다겠지만……."

"여기 올라오기 전에 의사랑 얘기했는데 아침에 한 검사 결과가 좋으면 나가도 된다고 했다."

"하긴 의사 나리가 까라면 까야지."

"가면서 기도나 해라. 운 좋아서 천만 원 받으면 네 채무 까줄게."

"말만 들어도 눈물 나네. 천만 원은 모르지만 반이라도 받아 내. 그래야 형도 취업할 때까지 좀 안정되지. 뭐 치맥이라도 뽀지게 쏘면 그걸로 땡큐 베리 망치고."

"치맥은 보장할 수 있으니까 가봐라."

"응, 뭔 일 생기면 전화 때려."

덕규가 나갔다.

강토는 봉투 두 개를 열었다. 안에서 돈 냄새가 났다. 알고 보면 참 더러운 냄새다. 그러나 결코 외면할 수 없는 냄새였다.

눈을 감으니 머리가 어지러웠다. 아직 사고 후유증이 남은 걸까? 아니면 매직 뉴런 때문에 생긴 부작용일까?

지릿!

지리릿!

얇은 눈꺼풀이 닫히면 그 안에서 뇌파가 은빛 펄스를 이루며 몸서리를 쳤다.

팔딱팔딱!

잘도 뛴다.

그 원리는 뉴런의 시냅스 동화(同和)……

'뉴런이라……'

핸드폰을 눌러 검색을 했다. 이미지를 보고 싶었다.

"……?"

몇 개의 이미지를 넘기다 한 화면을 만났을 때 강토는 핸드폰을 떨구고 말았다. 입에서 길고 낮은 숨이 거칠게 밀려 나왔다.

그놈이었다.

의식과 무의식을 오가며 우주를 이루던 찬란한 펄스. 그것들은 화면에 뜬 전자현미경상의 뉴런과 꼭 닮아 있었다.

'시냅스……'

강토는 화면을 더듬었다. 뉴런의 돌기에서 뻗어나온 셀 수도 없는 시냅스… 강토에게는 수없는 촉수로 보이는 그 줄기들……

강토의 호흡은 거기서 멈췄다. 문득 기척을 느낀 것이다. 시선을 돌리니 정 박사가 보였다. 그녀의 시선 역시 화면의 시냅스에 꽂혀 있었다. 그녀의 입이 조심스레 열렸다.

"차 박사님이 허락하셨어요!"

허락?

그 말을 듣자 가슴이 철렁하는 강토. 아까 이상한 기분에 멋대로 말하기는 했지만 이렇게 전격적으로 진행될 줄은 몰랐던 것이다.

그나저나 정 박사 편에 전해준 비밀 또한 허튼 게 아니라는 증거였다. 그게 허튼 거라면 차 박사가 응할 리 없었다.

"언제 뵙자는 건가요. 저는 내일 퇴원할 것 같던데……."

생각이 많아진 강토, 정 박사에게 물었다.

"괜찮다면 지금 올라오라더군요."

그녀의 목소리는 건조하기 그지없었다.

지금 당장?

강토의 시선이 허공에서 멈췄다.

강토가 엿본 차 박사의 비밀이 사실이라면?

거기서 무슨 말을 해야 한단 말인가?

'당신 구린 비밀 내가 다 알아!'

하고 돌직구를 날려? 그리고 쩔쩔 매면 몇 억 불러서 챙겨? 그런데 증거가 없잖아? 게다가 박사는 높은 사람도 많이 아는데? 자칫 잘못 나불대다 명예훼손으로 걸리면? 차 박사가 쟁쟁한 변호사 동원해서 나를 사장시키면?

이런저런 생각에 고민이 되는 강토. 순간 머리에 터질 듯한 압박이 밀려들었다.

'윽!'

꿈찔 흔들리는 강토. 순간, 강토의 의지는 간 데 없이 사라지고 입이 멋대로 열리고 말았다.

"못갈 거 없지."

말을 하고도 놀라는 강토. 이번에도 강토의 마음이 아니었다.

'뭐야?'

제3장
내 안의 너

차 박사의 병실은 역시나 특실이었다. 침대가 마치 항공기의 일등석 같았다. 방 안에는 전용 냉장고와 노트북도 보였다. 난과 쾌유를 비는 꽃다발도 한 카트는 되어 보였다. 역시 사람은 출세하고 볼 일이었다.

그와 시선이 닿았다. 몸이 이상하게 반응을 했다. 정확하게는 뇌 속이었다. 아드레날린이 콸콸콸 쏟아지는 느낌이었다. 내 머리가 아닌 느낌이었다.

왜 이래?

돌변한 머리를 달래보지만 되지 않았다.

불가항력!

'젠장, 나 맛이 갔나?'

강토는 머리를 저었다. 그래도 몽환 같은 느낌은 사라지지 않았다.

"자넨 나가보게."

차 박사가 정 박사를 내보냈다.

"자네 이름이 강토라고?"

"예."

"뇌파 실험 알바생이었지?"

"예."

"이번 사고 때 큰일 날 뻔했다고?"

"이미 큰일이 났지요."

"응?"

거기까지만!

강토는 입을 다물어버렸다.

"정 박사 말로는 실험실 안에서 의식을 잃은 채 발견되었다고 하더군."

"예."

"낙뢰 때문에 실험실에 문제가 생긴 후라던데 왜 들어갔나?"

"질문은 제가 하러 왔습니다만."

강토의 목소리가 까칠하게 올라갔다. 이제는 적의까지 표출된 후였다.

이건 무지막지 오버인데?

통제불능!

그런 생각이 들 정도로 태도는 멋대로 불손해져갔다.

"해보게!"

차 박사가 시선을 들었다. 관록과 지위 때문인지 긴장 따위는 엿보이지 않았다.

"첫째는 정 박사님 편에 미리 말씀드렸습니다."

내가 갑이다.

몸이 그렇게 굴고 있었다. 강토는 낯선 느낌 속에서 핸드폰의 녹음을 눌러두었다. 걸어오는 길에 생각한 여러 가지 전략들. 그것들이 멋대로 지워져 버렸다. 그나마 남은 건 그 기억뿐이었다.

'녹음을 눌러야 해.'

그것 외에는 거의 다 강토의 마음이 아니었다.

"자네……."

"그거 농담 아닙니다."

"누가 그 말을 자네에게 해주었나?"

"연구소 사람이오."

"누구?"

"차일환 박사님입니다."

바로 당신!

강토가 잘라 말했다.

"나?"

"예."

"보아하니 자네는 아직 정상이 아니로군."

"다른 건 몰라도 아까 전한 말은 정상입니다."

"나랑 농담을 섞자는 건가?"

"분명한 사실입니다."

"돌리지 말고 말하게. 누가 그런 말을 옮겼는지 말해주면 당장에라도 자네가 원하는 천만 원을 지불할 용의가 있네. 자네 쪽은 문제 삼지 않을 거고."

"차 박사님이 맞습니다."

"이봐!"

차 박사의 목소리가 높아졌다. 그러자 문 쪽에서 노크소리가 들렸다.

"아무 일 아니니까 내가 지시하기 전에는 들어오지 마!"

차 박사가 문을 향해 소리를 높였다.

"내가 자네에게 말했다?"

차 박사의 시선이 다시 강토를 겨누었다.

"예!"

"자네, 세타파가 좀 특이하더니 제대로 엉긴 모양이군. 정밀 감정을 좀 받는 게 좋겠어."

"원하는 바입니다."

"뭐라?"

"제가 좀 이상해진 건 사실입니다. 하지만 차 박사님이 그 기억을 넘겨준 것도 사실입니다."

"기억?"

"예. 기억!"

"이 친구가 정말……."

"그렇다면 박사님이 제게 건네준 기억을 자세히 전해드리겠습니다. 들어보시고 판단하시기 바랍니다."

"……?"

"시간은 사고 당일 저녁 9시 5분. 박사님이 청량리 장미모텔 410호에 들어선 시간입니다. 안에는 아가씨가 한 사람 기다리고 있었습니다. 이름은 오서영, 늘씬한 단발이군요."

일사천리가 이런 걸까? 강토의 입은 기다렸다는 듯 쫄쫄 움직였다. 이렇게 다 까발려도 될까 싶었지만 제어되지 않았다. 상황을 봐가며 말하려던 생각은 까마득히 사라진 후였다.

"……!"

거기까지, 딱 거기까지에서 차 박사의 눈썹이 일자로 솟구쳐 버렸다. 확연하게 상기된 눈과 달아오른 두 볼. 그의 몸에도 아드레날린이 홍수를 이루고 있는 게 분명했다.

강토의 기분은 거기서 바뀌었다. 차 박사가 참담한 표정을 짓자 동정이 갔다. 이번에는 강토의 원래 마음이었다. 그러자 격앙된 마음이 풀려 버렸다.

'뭐야?'

미칠 듯이 혼란스러웠지만 초라해진 박사를 보자 안도가 되었다.

이것 봐라?

'내가 기선 제압?'

이성에 불이 켜지자 불안이 가시기 시작했다. 제정신이 아닌 상태에서 내질러 버린 강공책. 뭔가가 등을 떠밀어 생긴 일이지만 효과는 나쁘지 않았다. 상황이 유리하게 전개되고 있는 것이다. 분위기에 사로잡힌 강토, 이제는 평상시의 목소리로 뒷말을 이어나갔다.

"여자가 옷을 벗는 동안 박사님은 혁대를 풀었습니다."

"……!"

"더 계속할까요?"

이제는 부드러워진 강토의 목소리. 그렇지만 차 박사에게는 그리 위로가 되지 않았다.

"자네……."

"계속해야겠군요. 여자를 묶은 박사님은 변태적 성행위를 시작합니다. 다른 준비된 도구도 많군요. 그건 박사님의 서류가방 안쪽에 들어 있지요?"

"그만!"

"일본제 기구를 꺼낸 박사님은……."

"그만하라니까!"

"……."

"누굴 시켜 내 뒤를 밟았나? 아니면 그 모텔에 몰래카메라를?"

빙고!

차 박사의 되물음은 곧 사실 인정이었다. 강토는 비로소 안도의 미소를 머금었다.

"다시 말씀드리지만 그건 박사님이 건네준 기억입니다."

"헛소리. 내가 왜? 어떻게?"

"두 번째 드릴 질문이 바로 그것입니다."

"······?"

"저는 어떤 원리나 작용으로 고매한 박사님의 비밀을 엿보게 되었을까요?"

"혹시나 해서 말하는 건데 내가 청와대 사람들 하고도 막역한 거 알고 있나?"

박사가 오만한 눈빛을 세웠다.

그러자 강토의 호흡이 다시 사나워지기 시작했다. 아까 그 현상이었다. 내 안에 누군가 들어온 듯한. 다른 힘이 뇌를 통제하는 듯한.

"당연하죠. 대통령하고 찍은 사진도 보았고 사고 날에도 청와대 고문이라는 분과 함께 나가셨으니까요."

강력하게 받아쳤다. 누그러졌던 목청이 낯선 처음으로 돌아간 것이다.

"알면 사기나 협박 같은 건 꿈도 꾸지 말게. 공연히 인생 망치지 말고."

"상관없습니다만 박사님의 비밀을 열어본 건 사실이니까요."

"열어봤다?"

기세에 눌린 차 박사가 목소리를 낮추며 물었다.

"다시 말씀드리지만 저는 박사님이 모텔에서 욕망 가득한 섹스에 탐닉할 때 연구소에 있었으며 그 이후로는 나란히 중환자실에 누워 있었다는 사실을 상기해 주시기 바랍니다."

"······?"

"이 현상도 뇌 과학적으로 해명할 수 있을까요? 내가 어떻게 박사님의 비밀을 알게 된 건지. 참고로 말씀드리자면 다른 사람의 비밀도 알 수 있을 것 같습니다만……."

이제는 빈정거림까지 섞여 있었다. 나와 또 다른 내가 번갈아 머리 속을 드나드는 기분이었다.

"그러니까 자네 말인즉 내 뒤를 캔 게 아니라 저절로 알고 있다?"

"정확히 말씀드리면 박사님이 중환자실에서 반사적으로 눈을 떴을 때 알게 되었습니다."

"뒤를 캐는 건 다른 사람을 시킬 수도 있지 않나?"

"그렇다면 기억을 제시해야겠군요."

"다른 기억?"

"당신이 평생 숨기고 싶은 그 기억."

"뭐라?"

"벌레만도 못한 당신의 인간성을 감춘 그 행위."

"순진한 청년으로 보았더니 사기 전문가로군?"

"보강증거를 제시하지요."

"보강증거라?"

"그전에 한 가지만 알려주십시오."

"말하게."

"이온 고정액 속의 뇌 말입니다. 만약… 만약 산 동물의 뇌를 거기 넣는다면 생존이 가능한가요? 그러니까 잠깐이 아니라 몇 년……."

"무슨 말을 하는 건가?"

"정확히 6번 뇌에 대해 묻고 있는 겁니다. 생존이 가능할까요? 아닐까요?"

"뇌는 불가사의한 기관일세. 나도 모르는 게 더 많아."

차 박사는 답을 피해갔다. 그사이에도 그의 이마에서는 땀이 쏟아지고 있었다. 강토는, 그 표정을 즐기는 듯 느긋하게 한 이름을 질러버렸다.

"차태혁!"

"뭐라?"

"차―태―혁!"

한 자 한 자 잔인하고도 또렷하게 발음해주는 강토.

"아시죠?"

"……?"

차 박사의 동공이 허덕이는 게 보였다. 청량리 이야기와는 비교도 되지 않는 격렬한 반응이었다.

"6번 뇌… 큰 침팬지라 아니라 사람의 뇌더군요. 차태혁……"

"……!"

"그리고… 그가 전해주었습니다. 그가 죽음에 이른 과정… 메스를 들고 그의 뇌를 들어내던 차 박사님 모습……"

"자, 자네……"

"덧붙이자면 6번 뇌가 자폭하기 전에 제게 뇌파를 보내왔습니다. 뇌 안의 울림……. 세타파라는 걸까요? 그는 궁금한 모양이더군요. 고매하고 명예로운 척 하면서 뒤로는 호박씨를 까는 당신, 그 치부가 드러나면 어떻게 나올지."

"미쳤군."

"미친 건 박사님이죠. 저는 현상을 말할 뿐입니다. 이걸 기대한 거 아닌가요? 타인과 교감하는 연구……. 뇌파랄까요, 뉴런이랄까요? 뭐 다 필요 없고 내가 원하는 건 이 현상에 대한 설명입니다. 가능한가요?"

"으억!"

야수의 신음을 내던 차 박사가 가슴을 쥐어뜯으며 주저앉았다. 그가 절망하자 강토 역시 칼날 같이 일어섰던 적개심이 풀려 버렸다.

'푸허!'

강토는 휘청거리는 정신줄을 바로 잡았다. 뭔가 이상했다. 아주 많이 이상했다. 마치 최면에 걸려 멋대로 지껄인 기분이랄까?

"지금은 무리인 모양이군요. 의사들을 불러드리죠."

겨우 상황을 직시한 강토가 간호사 호출벨을 눌렀다. 이내 간호사와 의사 둘이 뛰어 들어왔다.

"차 박사님!"

병실은 아수라장으로 변했다. 세계적인 석학 차일환. 그가 가슴을 쥐어뜯으면 대학병원이, 아니 대한민국이 뒤집히는 것이다.

"당신!"

복도로 나오는 강토의 팔목을 정 박사가 잡아챘다. 강토는 우묵하게 그녀를 돌아보았다.

"당신 무슨 애길 한 거야? 뇌파 알바생 맞아?"

정 박사가 갈기를 세웠다. 의도와는 달리 이미 살짝 엉겨버린 일. 그렇기에 강토도 오기가 발동했다. 이제는 이미 엎질러진 일이었다.

"당연히. C 그룹 대학이라 알바비도 C 클래스로 받은……."

"……."

"차 박사님 안정되면 부르세요. 아니, 저분이 먼저 지시를 내리겠지만!"

강토는 보란 듯이 돌아섰다. 긴 병실 복도가 시원하게 터져보였다. 몇 걸음 걸으면서 볼을 비틀어보았다. 아팠다.

앞 쪽에서 나란히 걸어오는 간호사 중 한 명에게 실험을 했다.

〈사랑〉

간호사의 비밀상자는 아름다웠다. 어제 같은 병동에서 일하는 레지던트에게 고백을 한 것.

그 고백은 허락되었다.

그러나 사내 연애.

다른 간호사에게는 비밀이었다.

'므훗한 걸?'

하지만 강토가 바라던 비밀은 아니었다. 몇 걸음 더 질러간 강토는 병실에서 나오는 남자 환자에게 한 번 더 수고를 더했다.

시크릿 메즈.

매직 뉴런의 작렬.

은밀하게 열린 남자 환자의 뇌 안에서 비밀의 첫 상자가 열렸다.

〈주가조작!〉

옳거니!

쓸 만한 게 걸린 거 같았다.

남자의 최근 비밀은 주가조작이었다. 작전 세력을 동원해 한탕 크게 해처먹고 병원에 입원해 세간의 관심을 피하고 있는 것.

―뒤엉긴 김에 이걸 그냥 콱!

―멱살을 잡고 조져?

아니지.

그랬다가 저 인간에게 칼 맞는다.

흥분한 가슴을 머리가 가라앉혔다. 강토는 강토다운 안전빵 확인 전략을 택했다.

"뭐? 너네 아버지 단타 세력이 이번에 들어간 작전에서 66억이나 먹었다고?"

남자 앞을 지나던 강토, 지인과 통화하는 척 목청을 높였다. 남자는 걸음을 멈추고 파뜩 고개를 돌렸다.

"으악, 대박 났구나. 축하드린다고 전해라."

통화를 끊는 척 슬쩍 돌아보니 남자의 간담이 서늘해 보였다. 제 발에 저린 표정이라니 적중이 틀림없었다.

기분은 엉망이지만 능력은 현실이었다.

'익숙해지면 네 방식대로 해봐.'

차태혁이 한 말이 스쳐갔다.

섬뜩했다.

어떤 순간에는 그가 머리 속에 들어앉아 있는 것 같았다. 다른 건 몰라도 차 박사 때는 그랬다. 처음에도, 그리고 조금 전에도.

병실로 돌아와 침대에 앉았다.

야옹!

어디선가 고양이 소리가 났다. 가까웠다. 누가 고양이를 데려왔나? 침대 아래를 보았다. 그러다 고양이의 위치를 알게 되었다. 창밖이었다. 흰 고양이가 창틀에 걸터앉아 강토를 보고 있었다. 높은 병실, 어떻게 올라왔을까?

가!

손짓을 하자 고양이는 사라졌다.

별일이네?

하지만 최근의 일에 미루어보면 그건 별일도 아니었다.

차 박사…….

어떻게 나올까?

칼자루!

사안을 보면 그걸 쥔 건 강토였다. 하지만 자신도 모르게 엉성하게 휘둘러 버렸다. 곰곰 생각하면 무대뽀도 그런 무대뽀가 없었다.

피로가 몰려들었다. 그 또한 거의 통제불능이었다.

*　　　*　　　*

강토는 뉴런의 우주에 서 있었다. 하늘에서는 호르몬의 비가 쏟아지고 있었다. 그 뒤를 이어 신경전달물질들이 바람처럼 스쳐갔다.

노르아드레날린.

엔돌핀.

세로토닌.

도파민……

그것들 하나하나가 삼광이자 산소처럼 보였다. 숨 쉬면 안으로 들어와 혈관 안으로 녹아드는 찬란한 산소.

뉴런들이 신경전달물질을 향해 시냅스를 뻗었다. 날개 달린 천마의 군무처럼 일체된 동작이었다. 시냅스가 촉수를 뻗으면 우주의 틈이 사라졌다. 그러다 촉수를 줄이면 또 다른 세상이 되었다.

뉴런의 우주!

호르몬의 빗줄기!

차라리 아름답다.

상상이나 했을까? 문과 출신의 강토로서는 정말이지 꿈도 꾸지 못하던 일이었다. 매직 뉴런을 갖게 되다니. 저 전류 조각처럼 생긴 뉴런을 통해 타인의 뇌 비밀을 공유할 수 있다니.

흔들!

우주가 가만히 진동을 했다. 흔들림은 조금씩 커졌다. 우주의 중심에서 차태혁의 뇌가 불쑥 솟구쳤다. 그 통에 우주가 흔들렸다. 강토는 살포시 눈을 떴다. 진동의 원인은 정 박사였다. 그가 강토를 흔든 것이다. 옆에는 차 박사도 있었다.

"……!"

시선이 마주치자 겨우 진정된 기분이 급격하게 흥분되었다. 고개를 돌렸다. 얼마나 잔 걸까? 벽의 시계를 보니 저녁 시간이었다.

"잠깐 얘기 좀 할까?"

차 박사가 입을 열었다.

"못할 것 없죠."

강토는 기다렸다는 듯 솟구쳤다. 그 또한 강토의 의지와는 완전히 달랐다.

차 박사가 앞서간 곳은 특별한 진료실 같았다. 벽에는 첨단 전자현미경이 자리를 잡고 있고, 그 위로 초대형 컬러 사진이 가득 붙어 있었다.

'아!'

신음이 나왔다.

강토는 알았다. 그게 바로 뉴런의 확대사진이라는 걸. 청색도 있고 황색, 오렌지색 뉴런 사진도 있었다. 핸드폰 화면으로 보던 것과는 차원이 달랐다.

강토는 이끌리듯 벽으로 다가섰다. 가만히 손을 내밀어 사진을 만져보았다. 느껴지는 것 같았다. 강토의 손길을 받은 뉴런들이 꿈틀거리는 것 같았다.

사진은 다양했다. 단순한 뉴런 이미지도 있지만 반응원리를 보여주는 그림도 있었다. 시냅스의 말단에서 화학물질이 분비되는 그림이었다. 강토가 느끼던 그 작용이었다.

'이온물질이 다른 뉴런을 자극하면⋯⋯.'

문이 열린다.

—마법으로 치면 마나.

바로 그 원리가 아닌가?

이온은 마나처럼 타인의 뉴런을 장악한다. 그림과 게임을 매칭시켜 보니 차 박사의 뇌 안에서 보았던 구조들이, 정 박사의 안에서, 김 박사의 머릿속에서 느꼈던 반응들이 명쾌하게 이해되었다.

그것들은!

바로 뇌의 구조이자 스킬의 통로였던 것이다.

수많은 물질들이 뉴런에 관여한다는 그림을 마지막 한 장까지 살핀 강토가 차 박사를 돌아보았다.

"앉게!"

차 박사가 입을 열었다.

"자네 실험 기록을 보았네."

"⋯⋯."

강토는 부릅뜬 눈으로 소파에 앉았다. 그사이에도 아드레날린의 수치는 자꾸 높아지고 있었다.

"6번 뇌와 특별한 뇌파를 형성한 적이 있었지?"

"예."

"두 번이더군."

"이제 세 번이 되었습니다."

"……"

"설명하시려고요?"

강토가 고개를 들자 차 박사는 가방을 열었다. 그리고 두툼한 봉투를 내밀었다.

"뭐죠?"

"돈이네. 자네가 원하는 천만 원."

"……?"

"자네 목적이 이거 아닌가?"

"저는 지금 아까 나눴던 말에 대한 설명을 원하고 있습니다만."

"해주지. 일단 넣어두게."

"설명이 먼저입니다."

"……"

"……"

두 개의 침묵이 허공에서 만났다. 차 박사는 피식 웃음을 머금더니 돈 봉투를 톡톡 친 후에 자리에서 일어섰다.

"일단 미안하다는 말을 전해야겠네."

'미안?'

미안이라고?

"이게 바로 인간의 뇌라네. 자네도 실험 때 많이 봐서 알겠지만."

차 박사는 진열대 위에 놓인 뇌 모형을 집어들었다. 사람 뇌 크기의 모형이었다.

"진정이 되고 보니 가슴이 아프더군. 사실 내 연구는 국가적인 측면도 있어 자네에게 다 설명하기는 곤란하다네. 하지만 아무래도 도의적인 책임이 있는 것 같으니 간단하게 알려주겠네."

"……."

"한마디로 말하면 지금 자네는 휴식이 필요하네."

"정상이 아니다?"

"자네가 참가한 실험은 인간의 정신적인 질환을 규명해 치료제를 만들고 나아가 군사적인 측면까지 망라하는 복합적 연구였다네. 알츠하이머, 치매, 뇌파 교란… 그 한편으로는 인간 뇌의 초능력적인 영역에 대한 시도까지 포함하고 있던 것인데 우려하던 부작용이 나타난 모양이야."

"아까는 제 말을 인정하지 않았습니까?"

"자네의 반응을 보기 위해 그런 것뿐이네."

"……?"

박사의 태도가 달라졌다. 어느덧 숙연해진 표정. 이번에는 권위자의 자세가 완연하게 엿보이고 있었다.

하지만!

이 또한 강토가 예상치 못할 일은 아니었다.

"그러니까… 애당초 자네 뇌파가 특이해서 선택한 것도 있지만 결과적으로는 그게 무리가 되어 자네의 기억 영역에 혼란이 생긴 것 같네. 전문용어로 유사생(類似生). 자네처럼 뇌의 센시티비티, 즉 감도가 민감한 사람들이 감정이입이 과도하다 보면 다른 사람의 삶이나 조각 기억을 자기 생인양 착각하는 데서 오는 질환이네만."

"간단히 말해 제가 맛이 갔다는 말이군요."

강토의 목소리가 슬슬 고조되어 갔다.

"표현이 과격하군. 사회학을 전공했다더니 혁명에라도 관심이 있었나?"

"전혀, 알바하느라 대학 때 시위 한 번 못했거든요."

"아무튼 자네 뇌는 지금… 대뇌 변연계와 해마 쪽에 심각한 문제가 생긴 것 같네. 그래서 상상을 사실로 착각하고 있는 거라네."

"역시 제가 맛이 갔다는 말이로군요."

완전히 불손하게 변한 강토. 가만 보니 몸은 점점 더 뜨거워지고 있었다.

"원래 뇌는 종종 착각에 빠진다네. 무엇인가를 상상하는 것과 그것을 보는 것이 뇌에게는 사실상 하나이며 동일한 작용으로 밝혀진 건 오래전 일이라네. 미국 매사추세츠 공과대학(MIT)과 캐나다 로트먼 연구소 연구진이 해냈지. 때때로 뇌가 비이성적이고 비합리적인 잘못을 저지르는 이유도 거기에 있네."

"오호, 그래서 박사님이 차태혁의 뇌를 꺼낸 게 상상이다?"

마침내 강토, 차 박사에게 돌직구를 날렸다. 강토는 입술을 깨물며 멋대로 폭주하는 생각을 진정시켰다. 그러나 낯선 폭주는 막을 수 없었다.

'잇!'

강토는 손을 뻗어 생수병을 잡았다. 그걸 머리에 부었다.

"······?"

말을 멈춘 박사가 강토를 바라보았다.

"계속하시죠. 머리가 좀 아파서요."

강토가 대답했다. 물 탓일까? 폭주하던 적개심은 조금씩 낮아져갔다.

"아까 말했다시피 내 책임도 있으니 그 돈으로 안정을 취하고 있게나. 실험실이 정리가 되는 대로 다시 부르겠네. 어쩌면 자네, 좋은 케이스가 될 수도 있겠어. 원한다면 우리 연구소의 정직원으로 채용해서 지속적으로 연구하고 싶네만."

정직원!

꿈에도 그리던 단어가 나왔다. 남은 물을 한 번 더 뒤집어쓰고 강토가 물었다. 이제는 평상시의 강토 목소리였다.

"저는 문과 출신인데요?"

"전공이 중요하진 않다네. 선후가 좀 바뀌었지만 자네 뇌파가 특이해서 이번 실험이 끝나는 대로 정직원을 제의할 생각이었다네."

"정년 보장에 지금 가지고 있는 그 부작용도 완치를 약속하겠네. 어쩌면 자네와 나, 좋은 인연인 것 같네만. 자네는 바라던 취업이 되고 나는 내 연구에 적합한 특별한 뇌파 소유자를 파트너로 얻고…….”

“파트너라…….”

“연구소 직원들… 일반 직원들도 전부 사립학교 교직원 신분이네. 시시한 공무원보다도 낫지.”

“…….”

“천만 원은 몸 안정하는데 쓰고 당분간 상상은 절대 하지 말게나. 자칫하면 자네 뇌에 무리가 가서 쇼크가 오거나 급사할 수도 있네.”

“……!”

“내 말 명심하게. 나는 세계 최고의 권위를 가진 뇌 과학자야. 자네가 엇나가면 이 자리에서 당장 강제격리를 명할 수도 있다네.”

“……?”

“이해하겠나? 나는 자네 편일세.”

뒤로 다가선 차 박사가 강토의 어깨에 양손을 올렸다.

—대뇌변연계와 해마에 문제가 생겼네.

—도의적인 책임으로 고쳐주겠네.

—연구소 정직원으로 써주겠네.

—천만 원도 주겠네.

띠잉!

머리가 아파왔다.

세계적인 뇌과학 권위자 차일환 박사. 그의 진단이라면 대한민국이 아니라 세계적으로 공인이 될 일이었다. 그의 신뢰도는 100%로 봐야 했다.

"그러니까 천만 원은 실험실 사고로 인한 위로금이군요?"

"당연하지."

"고맙습니다."

일단 후퇴.

강토는 봉투를 챙겨들었다. 돌아보지 않고 복도로 나왔다. 정 박사는 여전히 복도에 서 있었다. 물에 젖은 강토를 보더니 잠시 경계를 하다 질문을 던져왔다.

"박사님이 뭐라세요?"

"뭐 제 뇌에 살짝 이상이 생긴 것 같다고 집에서 잠깐 쉬고 있으라고……."

"다른 말은요?"

"상상 같은 거 하지 말라시네요. 자칫 이렇게 될 수도 있다고."

강토는 손가락을 허공에 대고 뱅뱅 돌려보였다.

"……."

"그럼……."

"……."

아리송해 하는 정 박사를 두고 돌아섰다. 정 박사는 강토를 잡지 않았다. 하지만 그 시선은 엘리베이터까지 끈끈하게 따라왔다.

땡!

소리와 함께 엘리베이터의 문이 닫혔다. 그제야 강토는 벽에 몸을 기댔다.

후우!

한숨이 엘리베이터 바닥을 뚫을 것 같았다. 머리가 깨질 듯이 아팠다.

차 박사!

권위를 이용해 가장 합리적인 포지션을 취했다. 단 한마디로 비밀을 비껴간 것이다. 하지만 강토는 공감할 수 없었다. 그건 앞서 검증한 사람들 때문이었다.

김 박사와 정 박사!

덕규, 그리고 복도에서 만난 간호사와 남자 환자.

그들의 비밀은 착각이 아니라 진실이었다. 반응이 그랬다. 그런데 왜 차 박사의 비밀만이 '뇌의 이상 작용'에 해당한단 말인가? 삼단논법으로 따져도 말이 안 되는 일이었다.

눈치를 보니 차 박사와 정 박사는 서로의 비밀이 털린 사실을 공유하지 않고 있었다. 만약 공유했다면 차 박사가 정 박사의 비밀까지 언급했어야 했다. 하긴, 서로의 치부를 어떻게 공유할 수 있을까?

결론적으로 차 박사의 말은 회유에 불과했다. 그 이면에 음흉한 복심을 감춘.

'시간을 버시겠다?'

순순히 내준 거금 천만 원.

이어 정직원을 미끼로 계속적인 실험 참여 권장.

'마음 놓게 해놓고 제 아들처럼 나한테 약물을 찔러 뇌를 꺼내버리면?'

푸헐!

거기까지 질러가자 오싹 소름이 돋았다. 차 박사의 비밀이 사실이라면, 그럴 가능성도 높았다. 제 아들의 뇌를 덜어낸 게 사실이라면, 강토의 뇌 따위가 문제될 리 없었다.

'그냥 천만 원 먹고 떨어져?'

튀어도 될 일이었다. 위로금 조로 받았으니 정직원이고 뭐고 다시 상종하지 않으면 그만. 다만 차태혁을 배신할 뿐이었다.

아버지가 스쳐갔다. 무장해제를 당한 아버지는 노중권을 찾아가 칼로 담궈버렸다. 강토는 그런 아버지가 자랑스러웠다. 주저앉아 술타령이나 하는 것보다 백 번은 낫기 때문이었다.

'쪽팔리게 살면 안 되지.'

강토의 혈관에는 아버지의 피가 흘렀다.

확인은 해보자!

그쪽으로 가닥을 잡았다. 차 박사의 기억에서 꺼내온 비밀. 사실 지금까지의 증명은 본인들의 '반응'뿐이었다. 대머리 업자가 현실에 있는 사람인지 확인한 것도 아니었고, 공진구 박사의 불륜 자백을 받은 것도 아니라는 말.

차 박사 비밀 속의 여자가 실존하고 있다면, 직접 확인한 후에 입장을 정리해도 될 것 같았다.

말하자면 이과식 증명이었다. 밥 먹고 하는 일이 실험이고 증명인 그들이 아닌가?

톡톡!

덕규 전화번호를 눌렀다.

—형!

직빵이다. 덕규와 강토는 형제 이상의 유대관계기 때문이었다.

"너 588 안에 아는 형 있다고 했지?"

—한탕 뛰려고?

덕규의 목소리가 발딱 높아졌다.

"헛소리 말고 뭐 하나만 알아봐줘라. 이름은 오서영, 나이는 24살쯤? 키는 한 170 가까이 되고 머리는 찰랑찰랑 단발머리……."

—워매, 애까지 찜해둔 거야?

"비즈니스라니까."

—알았어. 아무튼 퇴원?

"그래. 이따 보자."

—오케이, 그때까지 나 살아 있으면.

"지급으로 부탁한다. 여자 파악되면 바로 연락해. 네 빚은 내가 퉁 쳐줄 테니까."

땡!

엘리베이터가 1층에 닿자 강토가 내렸다.

차 박사!

뇌 쪽으로는 당연히 세계 최고의 인간일 것이다. 하지만 다른 것까지 세계 최고일 수는 없었다. 본래 어떤 분야의 전문가라면 다른 분야의 젬병이라는 말과도 통하는 것.

청량리 쪽이라면 덕규가 강자였다. 녀석이 중학교 때까지 자란 곳이 바로 그곳이다. 덕규의 엄마, 588 골방에 살면서 거기 언니들에게 화장품과 영양제, 빤쓰 등을 팔러 다녔던 것이다.

디롱디롱디롱!

덕규는 빨랐다. 거의 뉴런과 뉴런의 광속 반응속도에 맞먹을 정도였다. 강토가 병원 현관에서 물을 마실 때 답을 보내왔기 때문이었다.

―형, 있대!

"……?"

―광수 형이 그러는데 다른 데서 구르다 온지 두 달쯤 되었대. 더 필요한 거 있어?

"너 어디냐?"

―아, 씨… 나 추심 나왔는데 아무래도 개꽝이야. 다시는 형 못 볼지도 몰라. 양 부장 새끼가 캐벼르고 있거든.

"지금 청량리로 좀 와라."

―우리 벙커?

"아니, 588!"

―형!

"그 형한테 부탁해서 그 여자 꽃단장 출장 못 나가게 하라고 하고."

―아주 뽕 갔네. 그렇게 쏠려?

"헛소리 스톱하고 거기서 만나자. 병원 옆에 주먹고기집 있지? 그 앞."

—형, 형……

덕규의 목소리를 뒤로 하고 핸드폰을 끊었다.

'차 박사님.'

강토의 눈이 병원 빌딩으로 향했다. 강토는 차 박사가 있을 층을 바라보며 뒷말을 이어갔다.

똥인지 된장인지!

'일단 체크부터 하고 보죠!'

＊　　　＊　　　＊

전농동 588번지.

진짜 주소보다는 청량리 588로 유명한 곳.

변한 게 없었다. 이 골목들은 수십 년 간 한 얼굴을 하고 있다. 주변도 마찬가지다. 청량리 수산물 시장과 경동시장으로 이어지는 라인은 광속으로 달려가는 정보화 산업에서 한가롭게 비껴나 있었다.

장미 모텔을 확인한 강토는 주먹고기집 앞에서 도로를 바라보았다. 이곳 신호등은 보는 것만으로도 속이 시원해진다. 삼거리를 이루는 길에 동시 신호가 터지기 때문이었다. 사람들은, 어느 방향으로든 건널 수 있었다.

'취업도 이렇게만 된다면.'

종종 지나쳤던 이 길, 신호를 받을 때마다 그런 생각이 들었다. 길 건너 저 편은 금융권, 다른 한 쪽은 대기업, 또 다른 곳은 신의 직장인 공기업… 저런 직장들을 내 마음대로 선택할 수 있다면 얼마나 좋을까?

사회학과를 졸업한 강토. 한때는 사회를 변혁시키는 사람이 되고 싶었다. 모든 불합리와 부조리를 몰아내고 노력하는 사람이 성공하는 사회……

그래서 공부도 나름 열심히 했었다. 학점도 4.0 이상으로 세팅해 두었다.

하지만!

건너편에 보이는 건 좋은 직장이 아니었다. 이리 보아도 알바, 저리보아도 계약직 아니면 임시직, 어쩌다 잘해야 공공기관의 청년 인턴 따위.

"너 하기 나름이지."

인턴으로 갈 때면 기성세대들은 그런 위로와 희망을 끼워주었다. 다 부질없는 짓이었다. 다른 곳은 모르지만 강토를 불러준 인턴 자리는 그저 시스템에 의한 자리일 뿐이었다. 우리 기업, 올해 인턴 몇 명 써서 사회에 공헌했어요라는 명분이 필요한… 정확히 말해 들러리 신세였다.

더 심한 곳도 많았다.

"아, 이놈의 인턴은 필요 없다는 데도 자꾸 내려 보내네. 저쪽 책상 가서 전화나 받아. 에이!"

그런 대우도 두 번이나 받았다. 희망이 구걸로 변하는 순간이었다. 절망으로 변하는 순간이었다. 나흘 만에 그만두었다. 담당자가 좋아했다.

그래도 미련은 머리에서 떠나지 않았다. 이번 알바도 그랬다.

〈공기업 버금가는 꿈의 직장 학교 교직원〉

뇌 과학연구소가 K대 출연기관이다 보니 그런 풍문이 돌았다. 게다가 백지수표를 날렸다는 통 큰 이사장. 인턴이 정직원 되는 게 100% 불가능한 것만은 아니었으니 현실을 알면서도 내심 기대를 품었던 건 사실이었다.

연구소 정직원!

머릿속에 차 박사의 목소리가 메아리쳤다. 만약, 정상적으로 받은 제의라면 강토는 동서울터미널로 뛰어가 속초행 버스표를 끊었을 것이다. 아버지에게 달려가 소식을 전했을 것이다. 세상을 다 내려놓은 그분에게 작은 희망이 될 수도 있기 때문이었다.

하지만, 이건 좀 달랐다. 이상하게 꼬인 제안이었다. 삼거리 건너편이 아롱지기 시작했다. 어느 한편은 현실이 되고 또 한편은 환상이 되었다. 아버지가 보이고, 차 박사도 보였다. 나머지 한편에는 6번 뇌의 주인 차태혁이 서 있다.

어쩌면……

모든 게 환상일까?

모든 게 착각일까?

기로에 섰다.

몇 몇 사람의 반응을 봐서는 환상이 아니지만 차 박사 기억 속의 그 여자가 없다면?

그렇다면……

아니!

있을 거야.

기왕에 뽑은 칼, 되는 쪽으로 넘어가보았다.

있다면,

여자가 순순히 협조할까?

네, 나 그 사람 알아요. 진상이지만 대가를 받고 원하는 대로 놀아줬어요.

그건 좀 아닐 것 같았다. 아무리 직업여성이라지만 대놓고 자랑할 일은 아니었던 것.

'그럼 나도 돈질로?'

덕규가 아는 형을 매수(?)해 한 100만 원 찔러주면 어떨까? 아니면 골방에 들어가 눈 부라리며 협박?

둘 다 내키지 않았다. 협박 같은 건 강토에게 어울리지도 않았다.

비밀…….

강토는 그 카드를 뽑았다. 어차피 이 일의 발단이 그랬다. 직업여성이라도 감추고 싶은 비밀이 있을 수도… 희망적으로 생각하기로 했다. 강토의 생각은 덕규의 등장으로 멈췄다.

"형이 좋아하는 엉덩이 예쁜 아가씨도 없구만, 뭘 그렇게 넋 놓고 있어?"

"왔냐?"

강토는 상상을 열고 나와 덕규를 바라보았다.

"형!"

"응?"

"무슨 일이야? 진짜 떡치려는 거 아니지?"

골목으로 접어들며 덕규가 물었다.

"그거야 알 수 없지."

"아, 진짜……."

"왜? 너는 여자 생각 안 나냐?"

"아무리 나도 이건 아니지. 우리 엄마가 그랬거든. 여기 여자들이랑 놀아나면 엄마, 확 목매달고 죽을 줄 알라고!"

덕규가 걸음을 멈추고 돌아보았다. 덕규 엄마. 이 골목 터줏대감이었다. 저 시장 쪽 도로에서 청량리역까지 뻗은 몇 갈래 골목들. 젖먹이 덕규를 업고 돌았던 그녀였다.

"그리고 엄마 아는 아줌마들이 아직도 있다고."

아줌마는 포주들이다. 덕규는 모자를 꺼내더니 푹 눌러썼다.

"멀었냐?"

"다 왔어."

슬쩍 볼멘소리를 토하고 더 작은 골목으로 접어드는 덕규. 그 골목에서 담배를 빨아대던 남자 하나를 만났다.

"왔냐?"

나시 티에 금목걸이를 늘어뜨린 남자가 알은 체를 해왔다. 그가 광수였다.

"어디야?"

덕규가 물었다.

"그 친구? 서영이한테 꽂힌?"

"됐고. 어디 있냐고?"

"할 거냐?"

남자가 야릇하게 웃었다.

"아, 안 해. 그냥 이 형이 좀 물어볼 게 있어서 그런다고."

"새끼, 찍찍거리긴. 그럼 걔들 지금 한밤이니까 커피나 한 잔 뽑아가라. 오서영 그년은 주제에 마끼야또 마니아란다."

남자는 담배꽁초를 허공에 날리고 골목을 나갔다.

커피는 덕규가 뽑아왔다. 넉넉하게 네 잔이었다. 이때까지만 해도 강토의 마음은 확인이 목적이었다.

"서영이 팬이에요? 그년 오자마자 인기 좋네."

낡은 소파에서 여자 둘이 강토를 맞았다. 최악의 비주얼들이었다. 술 한 잔 하고 지낼 때는 더러 쏠리기도 하던 그녀들. 지금은 돈 주고 하라고 해도 달아나고 싶은 앵글이었다.

오서영이 나왔다. 늘어진 회색 츄리닝에 목이 축 늘어진 셔츠차림이었다. 두 여자의 비주얼과 그리 다르지 않았다. 생얼이라 강토의 기억과 살짝 달랐지만 키와 단발머리를 보니 그 여자가 맞았다.

움찔!

곤두서는 머리카락을 겨우 쓸어내렸다. 차 박사의 기억 속에서 보았던 여자. 막상 현실이 되고 보니 심장이 쫄깃해지는 느

128 시크릿 메즈

낌이었다.

움찔!

반응은 한 번 더 이어졌다. 고양이였다. 고양이 한 마리가 강토의 발뒷꿈치를 핥은 것이다.

"마리, 이리 와!"

여자가 소리쳤지만 고양이는 강토에게서 떨어지지 않았다.

"이리 오라니까."

여자는 고양이를 집어 들더니 작은 방에 던져넣고 문을 닫았다.

야옹!

고양이는 닫히는 문틈 새로 강토를 바라보며 여린 울음을 울었다.

"볼일이 뭔데요?"

마끼야또를 받아든 오서영이 심드렁하게 물었다. 거실이랄 수도 없는 작은 공간이었다. 돌아보니 덕규는 유리문 밖에서 광수와 이야기를 나누고 있었다.

강토는 핸드폰을 뒤졌다. 사진첩에서 차 박사 사진을 불러냈다. 연구소에서 찍어두었던 사진이었다. 위대한 뇌 박사라기에 친구들 만나면 자랑이라도 할 생각이었다.

"이 사람 알죠?"

"……!"

화면을 들여다보던 오서영이 흠칫 흔들렸다. 하지만 대답은 반대로 나왔다.

"몰라요."

"진짜요?"

"네!"

흔들림은 간 곳이 없다. 여자의 표정은 싸늘할 정도로 차갑게 변해 있었다.

"저번 폭우 오던 날 만난 걸로 아는 데요. 저기 뒤쪽 모텔에서… 장미……."

"……!"

"아닌가요?"

"아저씨 뭐예요? 경찰이에요?"

"아뇨."

"사람 잘못 봤으니까 꺼지세요. 아, 씨… 존나 재수없게……."

여자가 눈을 부라렸다. 사창가에서 굴러먹은 여자. 순진하지 않을 거라고는 생각했지만 기대 이상으로 싸가지를 실종한 부류였다. 하긴, 그냥 굴러먹는 것도 아니고 스페셜한 오더까지 허용하는 여자가 아닌가?

'정 그렇다면!'

부라리는 눈알을 그대로 겨누었다. 태연한 척하기 위해 소파 안쪽으로 단단히 기댄 강토. 시선이 마주치자 여자가 움찔 흔들렸다. 그새 강토의 스킬이 폭풍처럼 밀려들어간 것이다.

이 여자의 뇌는 어떨까?

강토는 다섯 번째 맞이하는 뇌 속 여행이 궁금했다. 수없이 펼쳐진 신경망과 오밀조밀 정밀한 뇌세포의 구조들. 막과 막으

로 구분되는 뇌의 단층을 따라 시냅스의 파동이 광속 행진을
했다.

'당신이 감추고 싶은 일은 무엇?.'

우주, 그녀의 우주를 지나며 남은 뉴런에 뇌파를 집중시켰
다. 여자의 우주는, 자연스럽게 열리며 첫 번째 속살을 드러내
주었다.

비밀…….

이 여자의 비밀은 무엇일까?

딸깍, 눌러진 뚜껑이 열리며 한 기억이 건너왔다.

포주였다.

보건증을 만들라고 다그쳤다.

여자는 차일피일 핑계를 댔다.

장면이 바뀌자 약이 나왔다.

영양제 병 속에 든 약.

그러나 영양제가 아니었다.

HIV!

그녀의 기억에 새겨진 주홍글씨가 보였다. 여자의 비밀은 그
것이었다.

〈HIV〉

즉 AIDS!

'에이즈?'

비밀을 가져온 강토가 꿈틀 몸서리를 쳤다. 여자는 에이즈
감염자. 이 업소에 그 사실을 숨기고 일하고 있었던 것이다. 에

이즈에 걸린 여자, 언제 증상이 나타날지 모른다. 그녀도 돈이 필요했다. 그렇기에 차 박사의 제의를 덥석 문 것이다.

"맛 존나 없네."

여자는 조금 남은 마끼야또를 보란 듯이 놓았다.

통!

일회용 컵에 충격이 가해지며 남은 내용물이 튀었다. 그 일부는 강토의 얼굴에 날아들었다.

"면역력이 떨어졌으니 맛이 없지."

물기를 닦으며 강토가 중얼거렸다.

"……!"

순간 여자의 눈에 핏발이 돋았다. 제 발 저린 여자가 그 말뜻을 알아들은 것이다.

"에이, 아이, 디, 다음은?"

강토가 짜릿한 시선을 들었다.

"……?"

"내가 말해줘?"

"당신… 진짜 뭐야?"

다시, 여자의 목소리에 실금이 갔다.

"크게 소리쳐줄까? 여기 사람이 다 알도록?"

자리에서 일어선 강토가 여자의 팔목을 잡아챘다. 그런 다음 셔츠를 걷어 올렸다. 거기 있었다. 촛농이 흘러내린 엷은 화상 자국. 밧줄에 묶였던 멍 자국들. 차 박사의 가학적 성행위에서 비롯된 증거물.

그게 문제였다. 그걸 보자 낯선 적개심이 튀어나왔다. 차 박사에게서 느끼던 그 적개심이었다.

"나가서 얘기 좀 하죠? 오서영 씨!"

강토가 여자를 끌었다. 여자는 강토를 쏘아보았지만 더는 반항하지 않았다.

강토가 멈춘 곳은 장미모텔 앞이었다. 거기서 돌아보자 여자가 고개를 숙였다.

─안으로 들어가서 확인할까?

─기왕이면 그날 그 방에서?

적극적인 쪽으로 마음이 멋대로 기울었다. 모텔 안에서 서영의 증언 영상을 찍어 차 박사에게 보여주는 것. 그러나 서영이 거부했다. 영상으로 남는 건 원치 않는다고 했다.

"그럼 만나서 직접 확인해 줘."

마치 기다리기라도 한 듯 강토의 입술이 멋대로 움직였다.

"그냥 확인만 하면 되죠?"

"오케이, 여기 출장비!"

손이 멋대로 돈을 꺼내주었다. 정말이지 평상시의 강토하고는 거리가 먼 행동이었다.

"택시!"

도로로 나온 강토가 택시를 불렀다.

"지금 당장요?"

서영이 몸을 빼며 물었다.

"그럼요."

"내 비밀은 지켜주는 거죠?"

"당연하지. 내가 궁금한 건 당신의 비밀이 아니니까."

"그럼 뭐가 궁금한 데요?"

"그 남자 알리바이. 당신하고 같이 있는 시간에, 진짜로 같이 있었다고만 말하면 돼. 그게 모텔이라고는 말할 필요도 없어."

강토는 윽박지르고 있었다. 심장은 최대 박동에 이르렀다. 왜 이래? 마음을 달래보지만 소용이 없었다. 그사이에 덕규가 다가왔다.

"형!"

택시도 섰다.

"앞에 타라."

"어디 가는 데?"

"일단 타."

"아, 씨… 대체 뭘 하려는 거야?"

머리를 벅벅 긁은 덕규가 조수석에 올랐다. 택시는 그대로 출발했다.

제4장
위험한 딜

차 박사는 병원에 있었다. 퇴원을 앞두고 온갖 명사들이 문병 줄을 잇고 있었다. 특히 관가와 과학계 인사들이 많았다. 강토는 복도 끝에서 기회를 엿보았다. 차 박사. 그가 가까이 있어서 그런 걸까? 괜한 조바심이 동맥 속에서 불끈불끈 고개를 들었다.

복도가 잠시 시끄러워지더니 장철환이 모습을 드러냈다. 그는 단단한 인상의 남자와 함께였다.

"검사 포슨데?"

옆에 있던 덕규가 중얼거렸다. 그렇게도 보였다. 하지만 상관없었다. 강토는 여전히 상기되어 있었기 때문이었다. 혹 달아오른 흥분감과 적개심, 아무리 마음을 달래도 원상태로 가지 않왔다.

"형!"

잠시 잠자코 있던 덕규가 이유를 캐물었다,

"나중에 설명한다니까."

목소리도 짜증 작렬이다.

"그럼 저 아가씨 데려온 거라도 설명해봐. 나 광수 형한테 말 안 했거든."

"출장비는 찔러줬다."

"누가 그거 물어봤어?"

"정 그렇게 궁금하면 잘 들어라. 나 머리에 벼락 맞았다."

강토, 덕규의 어깨를 싸안으며 나지막이 읊조렸다.

"엥?"

"진짜거든. 그래서 게임에서나 보던 유니크 아이템 하나 얻었다."

"형!"

"너 메즈 알지?"

"상대방 무력화시키는 스킬?"

"바로 그거다. 이름하여 시크릿 메즈. 나 그거 확인 좀 하려고 그런다."

"무슨 메즈?"

"시크릿, 시크릿도 몰라? 내가 말했잖아? 네 대그빡 속 비밀이 저절로 들여다보인다고……."

"그거 농담 아니었어?"

덕규가 토끼눈을 뜨며 물러섰다.

"자식, 쫄기는……."

"진짜야?"

"몰라. 아무튼 확인 좀 해야겠다. 그래야 대책을 세우든지 하지."

"씨발… 무슨 개구라를……."

"개구라인데 연구소에서 천만 원을 주겠냐? 느닷없이 정직원을 제의하겠냐?"

"아, 왜 개짜증을 내고 그래? 형답지 않게."

"그러니까 입 닥치고 망이나 잘 봐. 내가 들어가면 아무도 못 들어오게 하고. 알았지?"

"진짜 내 빚 까주는 거야?"

"나왔다."

강토의 시선은 차 박사의 병실에 있었다. 그 문이 열리며 장철환과 남자가 나왔다.

"갑시다!"

강토가 서영을 잡아 세웠다. 그사이에 장철환과 남자가 옆을 스쳐갔다. 찬바람이 일었다. 나는 새도 떨구는 장철환이 아니라, 그 옆의 남자에게서였다.

남자…….

나이는 강토보다 몇 살 쯤 위. 그런데 헐렁한 틈이 없는 굉장한 인간이었다.

"안 들어가?"

남자에게 쏠린 관심은 덕규의 목소리에 사라져 버렸다.

"그 사람이 병원에 입원했어요?"

문 앞에서 서영이 물었다.

"그래."

"사람 확인만 하면 되는 거죠?"

"그래. 그저 서 있기만 하면 돼요. 어차피 그날 밤 일어난 일은 내가 다 알고 있으니까."

말이 끝나기도 전에 강토는 서영을 안으로 우겨넣었다.

"……?"

놀란 차 박사가 고개를 들었다. 안에는 간호사가 있었다.

"안녕하세요? 병문안을 왔습니다만."

강토의 목소리는 아주 불친절하게 들렸다. 서영을 알아본 차 박사의 미간이 멋대로 찌그러지고 있었다. 강토는 간호사를 바라보았다. 의미를 알아챈 차 박사가 간호사를 내보냈다.

탁!

문이 닫히는 순간, 강토는 손에 쥔 핸드폰의 동영상을 눌렀다. 정신이 더 흔들리기 전에…….

"정 박사님께 전화했더니 아직 병원에 계시다기에."

강토의 입에서 느끼한 언성이 튀어나왔다.

"……."

차 박사는 매서운 눈빛을 튕겨낼 뿐 대꾸하지 않았다.

"박사님 말씀 듣고 돌아갔는데… 아무래도 그냥 있을 수가 있어야지요. 그래서 박사님 말씀대로 제가 맛이 간 건지 아닌지 확인을 해보았습니다."

"……."

"전부 현실이더군요."

"……."

"제가 설마 생면부지의 이 여자와 텔레파시로 통한 건 아니겠지요? 그것도 아니면 이 여자도 저처럼 뇌가 맛이 갔다는 건데……."

"……."

"서영 씨, 미안하지만 옷 좀 까주시겠어요."

강토가 서영을 돌아보았다. 서영은 못 마땅한 표정을 지었다. 그러자 강토가 셔츠를 올려 버렸다. 그 또한 평소의 강토가 아니었다. 촛농과 밧줄의 자국이 드러났다. 차 박사의 시선은 거기서 멈춰 버렸다. 숨소리도 함께 멈췄다.

강토는 박사의 손을 바라보았다. 떨림이 보였다. 꼭 그러쥔 주먹 위로 소리 없는 진동이 와들거리고 있었다. 아무래도 그건 분노로 보였다.

"이래도 제가 맛이 간 건가요?"

강토의 목소리에는 조소와 멸시가 가득했다.

"……."

"잘난 뇌 과학이론으로 설명해 보시죠?"

"……."

"왜요? 노벨상 예약자께서도 안 되는 게 있나요?"

"……."

"차태혁에게 일어난 일과 저한테 일어난 현상, 뇌 과학적으로, 아주 쉽게 설명을 부탁드립니다."

"……"

"박사님!"

강토가 침대모서리를 후려쳤다. 한순간이지만 목을 누르고 싶다는 충동도 들었다. 그건 강토의 의지가 밀어냈다. 낯선 의지와 강토의 의지가 섞인 손이 파르르 떨었다.

"이틀!"

닫힌 차 박사의 입술이 열렸다.

"내일 퇴원일세. 지금은 사람도 많이 오고 자네 현상을 정리할 시간도 필요하니 이틀 후에 연구소로 오게."

"세계적 권위자인 박사님도 시간이 필요합니까?"

"흔한 케이스가 아니라네. 자네 뇌를 정밀 분석해 보지 않고는 말하기 어렵네."

"혹시라도 미국에서처럼 음흉한 조치를 취하려는 생각이시라면……"

박사의 눈에 생긴 지진에 균열이 더하고 있었다. 참혹하게 구겨진 차 박사의 얼굴. 그걸 보자 적개심이 조금 내려앉았다.

"마지막으로 한마디 묻죠."

"……"

"제가 열어본 박사님의 두 가지 비밀. 다 사실이죠? 하나는 지금 증명을 했습니다만 박사님 입으로 직접 듣고 싶군요."

"……"

"박사님."

"이틀 후에 한꺼번에!"

차 박사는 그 말로 대답을 대신했다.

"그럼 이틀 후에……."

강토의 목소리는 상황을 즐기는 듯 보였다. 낯선 느낌에 고개를 저은 강토, 의식이 헐렁한 틈을 타서 복도로 뛰어나왔다.

으헉!

벽에 기대 갈비뼈 빗장에 걸린 숨결을 거칠게 밀어냈다. 그제야 뜨겁던 머리와 심장이 제 자리로 돌아갔다.

돌아보니 복도에는 문병객들이 잔뜩 밀려 있었다. 그걸 막아서던 덕규, 강토를 보고서야 겨우 진땀을 거두었다.

"아, 진짜… 죽는 줄 알았네. 왜 그렇게 오래 걸려?"

엘리베이터를 타기 무섭게 덕규가 짜증을 토해냈다.

"미안하다. 차 박사님이 워낙 입이 진중한 분이라……."

그때까지도 강토는 숨고르기를 계속하고 있었다.

셋은 다시 택시에 올랐다.

치맥이 아니라 소주에 삼겹살이었다. 소주는 다섯 병, 삼겹살은 통 크게 두 근을 끊었다. 경동시장 부근에는 고깃집이 많았다. 그걸 들고 핵폭탄이 떨어져도 안전할 거라는 지하 벙커로 들어갔다. 그 말은 집주인이 농담 삼아 한 말이었다.

끼이이!

녹슨 철문은 흉가집 소리를 냈다. 이제는 익숙해졌지만 처음

에는 몸서리가 쳐지던 강토였다. 하지만 어쩔 것인가? 이 근처
를 다 뒤져도 이 벙커보다 싼 월세는 없었다.

딸깍!

휴대용 버너를 점화하고 둘러앉았다.

치이…….

성질 급한 덕규는 팬이 달아오르기도 전에 고기를 올렸다.
당연히 고기가 달라붙었다. 강토는 소주부터 두 잔 거푸 들이
켰다. 술기운이 돌자 긴장이 내려갔다. 기분도 편해졌다.

"괜찮아?"

덕규가 물었다.

"이리 줘라. 고기 처음 굽냐?"

뻘쭘한 강토가 집게를 뺐었다.

꼴꼴꼴!

잔을 비운 덕규가 강토 잔을 태우고 자기 잔도 채웠다.

"이제 진실 까 보시지?"

잔을 부딪친 덕규가 물었다.

"그전에 네 빚이나 말해라. 얼마냐?"

"진짜 갚아줄 거야?"

"뇌 과학연구소 귀족 알바 물어온 것도 너였으니…….”

강토가 삼겹살을 뒤집었다. 노릇하게 익은 부분이 드러났다.
꿀꺽, 침이 넘어간다. 빌어먹을 배. 이런 상황에서도 침을 꼴깍
거리다니.

뇌 과학연구소 알바.

그걸 물어온 건 덕규가 맞았다. 풍치로 K대학병원에 치료차 갔다가 병원 공고문을 본 모양이었다. 일당부터 덕규 눈을 끌었다. 일은 더 쉬웠다.

뇌파 실험!

노가다도 아니고 마케팅도 아니었다.

둘은 사이좋게 응시를 했다. 물론 덕규는 첫 테스트에서 미역국을 먹었다.

"그동안 간 게 있으니 한 200이면 통 칠 수 있을 거야."

"200?"

"좀 많지?"

덕규 목소리가 살짝 기어들어간다. 쪼잔한 자식⋯⋯.

"엊그제 같으면 그랬겠지!"

강토가 웃었다. 사람 팔자 모른다더니 이런 날도 있었다. 지금 강토의 주머니에는 물경 1,000만 원이 넘는 거금이 들어 있었다. 단돈 십만 원의 여유도 없던 팔자에 햇살이 든 것이다.

"걱정 말고 먹어라. 실컷 빨고 빚이나 갚으러 가자."

"진짜?"

덕규가 물었다.

기분 전환!

그게 필요했다.

판은 또 벌어지고 말았다. 어째서 여자를 데리고 쳐들어갔을까? 이성적으로 보면 좀 더 궁리를 하고 움직여야 했지만 머리가 강토를 밀었다. 정말이지 그럴 때는 강토가 제3자 같은 느낌이 들었다.

'진짜 맛이 간 건 아니겠지?'

'그것도 아니면 6번 뇌가 내 안에서 나를 조종?'

—맛이 갔다면?

차 박사의 도움이 필요했다.

—맛은 안 갔는데 6번 뇌가 안에 있다면?

그래도 차 박사의 도움이 필요했다.

그런데 행동은 차 박사를 족치고 있었다. 만약의 구원자를
대하는 태도가 아니었다. 마음에 드는 건 단지 타인의 비밀을
공유할 수 있다는 사실뿐.

'젠장!'

소주를 원샷해 버렸다. 아무렇든 생긴 돈. 자칫 날아가기 전
에 덕규나 돕자. 그 생각이 들었다. 함께 살다 보니 형제처럼 친
해진 덕규기 때문이었다.

"가서 양 부장 그 개자식 면상을 돈으로 뭉개주자."

"그럼 천 원짜리로 바꿔 가. 그 새끼 돈 세느라 눈깔 좀 빠지
게."

"아예 동전은 어때? 100원짜리로."

"콜!"

"좀 무겁지 않을까?"

"괜찮아. 내가 지고라도 갈게."

"오케이, 일단 일 병 더 까보자."

"그런데 형!"

"응?"

새 술을 받아든 강토가 고개를 들었다.

"이제 자백해 봐. 대체 무슨 일이 있었던 거야?"

"어쭈구리? 지금 니가 나 심문할 처지냐?"

"궁금하니까 그렇지. 아까 보니 사람도 좀 변한 거 같고……."

"나 벼락 맞았다니까."

"풉!"

놀란 덕규가 입에 든 삼겹살을 뱉었다. 그 파편이 강토의 얼굴과 술잔으로 튀었다.

"미, 미안……."

"됐고, 휴지나 줘."

강토는 얼굴에 묻은 고기 파편을 떼어냈다.

"그래서 게임 스킬 하나가 생겼다고?"

"오냐!"

"스킬 이름은 시크릿 메즈?"

"오냐!"

"뻥이지?"

"진짜다."

"진짜 벼락? 저기 하늘에서 우르릉 번쩍 콰쾅쾅 하는 그거?"

"뭐 조금 복잡다난하긴 하지?"

"우-워어!"

"새끼, 놀라긴. 그래도 죽지는 않았으니까 걱정 마."

"진짜로 그래서 중환자실에 실려 갔던 거야?"

"오냐."

강토는 잘 익은 삼겹살을 집어 들었다. 참기름장에 찍어 입에 넣으니 행복이 퍼진다. 천국이 따로 없었다.

"겉보기는 멀쩡한데?"

"멀쩡하지 않아."

"어떻게?"

"마법 스킬이 작동 되잖아. 사람들 비밀 말이야. 그게 보이거든. 네가 취업했다고 엄마한테 사기 친 것도 알아냈잖아?"

"형!"

"진심으로 진실이다. 연구소 차 박사가 천만 원 준 것도 그래서 준 거고. 그 인간들 비밀을 내가 딱 읽어버렸거든. 차 박사만 보면 기분이 좀 꼬이는 것 같은 기분이 들긴 하지만……."

"부작용?"

"그런가?"

"워매! 술 땡기네."

후끈 달아오른 덕규, 절반쯤 남은 소줏병을 집어 들더니 그대로 마셔버렸다.

"그럼 588은 왜?"

"차 박사 그 인간 비밀이 그 여자였거든. 세계적인 석학 주제에 직업여성을 찾아가 성매매를 했으니……."

"으악, 그것도 다 알 수 있어?"

"그냥 성매매도 아니었다. 이름하여 변―태!"

"대박, 대대박!"

"이게 좋은 건지 나쁜 건지 모르겠다. 차 박사가 연구소 정직원 제의했는데 그거나 덥석 물고말 걸 싶은 생각도 있고."

"당연히 좋은 거지. 아, 씨… 벼락 맞을 때 나 좀 부르지 그랬어."

"믿기냐, 안 믿기냐? 솔직히 까발려 봐라."

"그러니까 뇌빨 받았다? 뭐 솔직히 믿기진 않지만 사실이 그러니……."

"뇌빨?"

"말 잘 하면 말빨, 돈이면 돈빨, 옷이면 옷빨, 주먹이면 주먹빨 뇌니까 뇌빨……."

"오, 뇌빨, 말 되는데?"

"아무튼 정직원 제의한 게 그 박사였어?"

"그래."

"워매, 그럼 뒤가 단단히 구린 거네. 그 연구소 존나 빵빵한 곳이잖아?"

"아무튼 많이 혼란스럽다. 기분도 간혹 엉겨버리고."

"그거 어떻게 하는 건데? 투시야? 아니면 매직 아이(Eye)?"

"나도 몰라. 좋은 건지 나쁜 건지……."

"씨발, 좋은데 취직하고 돈까지 생기면 좋은 거지."

"어쩌면 괜히 벌집 건드린 건지도 몰라. 너도 마음 단단히 먹어라. 자칫 유탄 맞을 수도 있으니."

"내가 왜?"

"공범이잖냐? 아까도 나랑 같이 있었고, 박사가 준 돈으로 삼겹살에 소주도 함께 까고 있고. 그 돈으로 양 부장 돈까지 갚으면……."

"얘기가 또 그렇게 되는 거야?"

"어이구, 쫄기는… 그냥 먹어라. 일 잘못 되어도 너 물고 들어가지는 않을 테니까."

그때였다.

쾅!

벙커 철문 박살 나는 소리와 함께 남자 둘이 계단을 내려섰다. 그중 하나는 588의 광수였다.

"씨발, 벌써 뭔가 잘못된 거 같은데?"

덕규는 들었던 소주잔을 내려놓았다.

                    *   *   *

"형, 웬일이야?"

덕규가 일어섰다.

"어이, 너!"

광수는 덕규를 밀어내고 강토 앞으로 다가섰다.

"무슨 일이죠?"

"무슨 일? 허, 이 새끼 봐라. 완전 쌩까네?"

광수가 코웃음을 터뜨렸다.

"무슨 일인지를 알아야……."

"야, 이 새끼야. 이것들이 남의 여자 빼돌리고 팔자 좋은데?"

흥분한 광수가 불판을 걷어차 버렸다.

"형, 왜 이래? 개도 밥 먹는데 안 건드린다는데. 뭐 잘못 안 거 아니야?"

덕규가 광수를 막아섰다.

"너도 똑같아. 이 개자식아. 내가 우습냐? 감히 내 등을 쳐?"

광수가 덕규 멱살을 잡아챘다.

"아, 그러니까 대체 무슨 일인지 말부터 하라고요."

강토가 소리쳤다. 여기는 강토네 벙커. 똥개도 제집에서는 좀 먹고 들어가는 판에 깨갱거릴 강토가 아니었다.

"개소리 말고 서영이 어디 있어? 어디로 빼돌렸어?"

광수가 덕규를 밀치며 눈을 부라렸다.

"여자? 그 앞에서 내려줬는데?"

덕규가 목을 비비며 대답했다.

"지금 나랑 장난하자는 거냐? 그년이 잠깐 들어와서 옷가지만 챙겨가지고 튀었다잖아?"

"……?"

광수의 외침에 강토와 덕규는 마신 술이 깨버렸다.

튀었다고?

"아, 씨발, 거기 깔들 먹고 튀는 게 한두 번이야? 그걸 왜 우리한테 난리야?"

이번에는 덕규가 성깔을 부렸다. 덕규 역시 사창가의 생리를 알 만큼 아는 처지였다.

"쑥맹이가 누굴 허접으로 아나? 너희 새끼들 하고 출장 나갔다가 튀었으니 뻔한 거 아니야? 개소리 말고 빨리 불어. 여기 확 불 싸질러버리기 전에."

광수가 소리치자 동행한 남자가 휘발유통을 들어보였다. 놈은 태연하게 휘발유를 바닥에 뿌렸다.

"형, 왜 이래? 아무럼 내가 형 뒤통수 까겠어?"

덕규가 말리려했지만 광수가 앞을 막아섰다.

"미안하지만 난 돈 말고 아무것도 안 믿거든. 늦기 전에 불어라. 무슨 개수작을 부린 건지."

광수가 핏대를 올리는 사이에 강토의 머리가 파뜩 돌아갔다.

'AIDS……'

서영이 튄 이유를 알 것 같았다.

그건 그 여자의 비밀. 업주에게 감염 사실을 속이고 온 여자였다. 감쪽같이 속인 일을 강토가 알고 있었다. 더구나 덕규는 광수와 나름 친한 사이. 결국은 감염 사실이 알려질 거라고 판단한 여자가 선수를 친 것이다.

"빨리 이실직고 못해?"

광수는 끝내 라이터 뚜껑을 열었다.

"말하죠."

거기서 강토가 응수를 해주었다.

"어디야? 미아리? 영등포? 평택?"

광수가 소리쳤다.

"그전에… 혹시 그 여자하고 잤나요?"

"나?"

"예?"

"이 쑵탱이야, 내가 잤든 말든 네가 무슨 태클이야?"

"그거 먼저 말해주시죠."

"잤다, 왜?"

"그럼 보건소부터 가보세요."

"보건소?"

"그 여자 AIDS 거든요."

"……?"

광수의 눈이 벌겋게 뒤집히는 게 보였다. 덩달아 그 옆 남자도 함께 뒤집혔다. 둘이 속된 말로 거시기 사촌인 모양이었다.

"야, 이 새끼야. 어디서 구라질이야? 우리 애들은 다 국가 관리 받아. 에이즈 검사부터 매독검사까지 쫙 정기적으로 한다고!"

"그 여자는 아니죠. 온 지 두 달이잖아요? 포주가 권했는데 매번 핑계대고 피했습니다. 알아보면 다 나올 텐데요?"

"……?"

"그걸 나한테 들켰거든요. 그래서 튄 겁니다."

"너… 사실이야?"

"어디서 왔는지 역추적해서 알아보세요. 내 말이 틀렸으면 그때 와서 여기 불을 놓든지 말든지… 우리 이사 갈 형편도 아니거든요."

"……."

"알아들었으면 이제 그 휘발유통 뚜껑부터 좀 닫아요. 술맛 떨어지게스리!"

주저하는 둘에게 강토가 버럭 소리를 질렀다. 기세가 꺾인 남자는 비실비실 뚜껑을 막았다. 그러자 광수가 그 엉덩이를 걷어찼다.

"야, 이 새끼야. 넌 서영이 언제 주워 먹었어?"

눈을 부라리며 다그치는 광수.

"그게… 걔가 먼저 들이대는 바람에……."

"그래도 그렇지. 내 허락도 없이 침을 발라? 엉?"

"잘못했습니다."

"따라와. 그리고 너희 새끼들, 만약 나 속인 거면 진짜 뼈도 못 추릴 줄 알아라!"

광수는 광견병 걸린 똥개처럼 눈알을 뒤집고는 계단을 올라갔다.

"형……."

"판 다시 벌이자. 입만 버렸잖아."

"그 여자 에이즈라는 거 사실이야?"

"그래."

"그것도 형이 딸깍, 뇌를 열어서 본 거야?"

"아마……."

"워매! 미치고 환장하겠네."

"왜? 너도 그 여자랑 잤냐?"

"형!"

단발마가 터졌다. 아니라는 항변이었다.

"아니면 빨리 고기나 구워라. 모처럼 벌인 판인데……."

"알았어."

덕규가 다시 불 위에 팬을 올렸다. 그리고 집게로 두툼한 삼 겹살을 잡을 때였다. 이번에는 덕규 전화기가 요란을 떨었다. 지랄 맞은 벨소리로 보아 양 부장이었다.

"아, 씨발……."

덕규는 밥맛 떨어진다는 표정을 지었다.

"받아. 돈 갚을 건데 뭐가 걱정이냐?"

"알았어. 후우, 후우!"

덕규는 숨을 고른 후에 통화 버튼을 눌렀다. 하지만 통화는 짧게 아주 끝났다.

"왜?"

강토가 물었다.

"이 씨발 놈이 당장 사무실로 튀어오라는데?"

"돈 받을 놈이 오라고 해라. 갚는 놈이 갑이잖아?"

"이 새끼 성질머리 몰라서 그래? 자그마치 학교 다닌 별이 여 덟 개라고."

"……."

"기분 안 맞춰주면 돈 갚는 것도 안 받아들일지 몰라. 저 꼴 리는 대로 사는 놈이니까."

"사무실에 사람 많냐?"

"양아치는 두세 명?"

"돈 문제가 아니면 그 새끼들 다 뭉갤 수 있지?"

"말이라고 해? 조건 없이 붙으면 다 내 밥이지."

덕규가 목청을 높였다.

황덕규!

청량리에 적을 두고 자랐다. 엄마는 눈을 뒤집지만 588 사람들과 어울릴 수밖에 없었다. 그들 중에는 청량리 일대에서 주먹 좀 쓰는 놈들이 허다했다. 악다구니 덕규는 누구에게도 꿀리지 않았다. 태권도는 초등학교 때 3단을 땄고 중고등학교 때는 주짓수도 배웠다.

한 번은 꽃값을 주지 않고 신고한다고 난장을 치는 전직 유도선수를 뭉갠 적도 있었다. 회전 하이킥 단 한 방. 그때 덕규의 나이 고작 열여덟이었다.

청량리 일대의 주먹들이 눈독을 들였지만 생계형 주먹으로 사는 건 사양했다. 엄마 때문이었다. 덕규의 엄마는, 덕규가 뒷골목 인생으로 빠지면 목을 매고도 남을 사람이었다.

그러니 싸움이라면, 유흥가 뒷골목에서 실전으로 다져진 덕규가 밀리지 않을 일. 그만큼은 아니지만 강토도 싸움은 크게 밀리지 않으니 꿀릴 것도 없었다.

"그럼 가자."

강토가 일어섰다.

"형!"

"어차피 양 부장 그 자식도 우 사장 똘만이라며? 그 인간이 헛소리하면 사장이랑 담판 짓자."

"그건······."

"협상은 내가 할 테니까 넌 그냥 폼만 잡고 있어라."

"거기서도 그거 돼?"

"뭐?"

"그 새끼들이 깝치면 대가리 뚜껑 딱 열어서 비밀까는 거."

"비밀?"

"양 부장 그 새끼, 사장이랑 친하답시고 몰래 해먹는 눈치거든."

"잠깐만!"

강토는 그 자리에서 덕규의 눈에 매직 뉴런의 파동을 몰아넣었다. 휘청, 충격파에 몸이 살짝 밀렸지만 약빨(?)은 아직 유효했다.

"되는 거 같다."

"아, 씨발… 그럼 저번 날에 아찔했던 게 형 때문에? 지금도 어찔어찔 하잖아?"

덕규가 비틀거리며 짜증을 부렸다.

"나도 그렇거든. 그러니까 쌤쌤으로 넘겨라 응."

"알았어. 나도 그 새끼들 면상 더 보기 싫으니까 잘 좀 부탁해."

"오케이!"

강토는 남은 술을 비우고 일어섰다. 덕규도 병을 들어 두어 모금 넘기고는 철문을 나섰다.

청운 파이낸셜!

외벽 타일이 여기저기 흘러내린 3층 빌딩에 걸린 간판치고는 이름이 아까웠다.

"파이낸셜 같은 소리하고 자빠졌네. 개자식들. 사기낸셜이지!"

간판을 보며 덕규가 콧김을 뿜었다. 말이 직원이지 반강제로 끌려 다닌 일이기에 앙금이 이만저만 아닌 모양이었다.

"들어가자."

강토가 먼저 계단을 밟았다.

"형이 말할 거야?"

덕규가 물었다.

"아니, 일단은 네가 먼저."

"알았어."

덕규는 강토의 속내를 알았다. 덕규가 이목을 끄는 사이에 뇌빨로 승부를 보겠다는 신호로 이해한 것이다. 3층에 올라선 덕규는 강토에게 눈짓을 보내고는 바로 문을 열었다.

"뭐야?"

소파의 양 부장이 까칠하게 돌아보았다. 그 무릎에는 천박한 립스틱으로 떡칠을 한 다방 아가씨가 앉아 있었다. 아가씨의 스커트는 무릎 끝까지 올라가 있었다. 그런데도 내릴 생각도 않는다.

"떨거지 선배는 왜 달고 왔어? 대출 받게?"

강토와 안면이 있는 양 부장, 강토를 보더니 눈부터 부라렸다. 강토는 그 순간을 놓치지 않았다.

시크릿 메즈!

시냅스의 파동을 받은 양 부장이 흠칫 흔들렸다. 하지만 그는 눈치채지 못했다. 그저 아가씨가 움직인 것으로 알 뿐이었다.

"너무 타박하지 마세요. 내 채무 갚아줄 거거든요."

"뭐 잘못 처먹었냐? 둘 다 백수인 주제에 지금 장난해?"

양 부장이 악을 썼다. 지하벙커에도 몇 번 들른 그였으니 강토가 백수라는 걸 알고 있는 탓이었다.

"됐으니까 계산이나 뽑아주세요."

"로또 맞았냐?"

"남이사!"

"300 내라."

"미쳤어요? 100만 원도 억울할 판에."

"넌 가봐."

양 부장은 아가씨를 밀어내며 엉덩이를 팡 때렸다. 아가씨는 치마를 잡아 내리더니 잔을 챙겨들고 나갔다.

"300 콜!"

문을 닫아버린 강토가 비로소 입을 열었다.

"오, 보기보다 화끈한데?"

양 부장이 다리를 꼬며 웃었다.

"아니, 당신이 덕규에게 주는 겁니다."

"응?"

"다시 말하죠. 300 콜, 당신이 덕규에게 주는 것으로!"

"저 새끼 뭐래? 너 뭐 잘못 처먹었냐?"

"절대!"

"아니면 어디서 헛소리야? 너 내가 누군 줄 알아?"

양 부장이 기세를 올렸다.

"아니면 당신 사장을 만날 겁니다."

"마 사장님을 왜?"

"누가 나한테 비밀을 하나 전해줬거든요."

"비밀?"

"당신이 사실은 마사장이 지명수배자라고 동네방네 떠들고 다닌다던데 그걸 알려드리려고요."

"……!"

살벌하게 일어서던 양 부장이 동작을 멈췄다. 강토의 말에 뜨끔해진 것이다.

"너……."

"내가 검찰에 아는 선배 통해 확인했는데 마 사장님, 지명수배자 맞더군요. 본명은 김동만이죠? 3년 전 미아리 부동산 중개업자 살인미수로 지명수배 중이고."

"……!"

"공중전화나 투서로다 검찰에 당신 이름으로 신고하면 어떻게 될까요?"

"뭐야?"

"사장님이 알면 좋아하지 않을 것 같은데요. 오른팔로 철썩 같이 믿고 계실 텐데."

"너 이 새끼… 내가 무슨?"

"그거야 나도 전해들은 얘기니까 알바 없고… 300 콜 받을 겁니까, 말 겁니까?"

강토의 목소리가 묵직하게 변해갔다. 양 부장의 성질이 더러운 건 익히 아는 사안. 하지만 약점을 잡힌 이상 그는 더 이상 사자가 아니었다.

제5장
죽은 뇌의 복수

"덕규야, 너 사장님 좀 모셔 와라. 옆방에 계시냐?"

"차 없는 거 보니 출장 간 모양인데."

"전화번호 있지?"

강토가 넌지시 압박 수위를 높였다.

"씨발 놈아, 전화기 안 치워?"

덕규가 전화를 꺼내자 양 부장이 악을 쓰며 소리쳤다.

"콜입니까?"

"이런 썅… 대체 내가 언제 그런 소리를 했다는 거야? 그거 말한 새끼부터 불어!"

"부장님 같으면 불겠습니까?"

"아, 진짜 어떤 후레자식이……."

"마 사장님 불러요?"

"집어 치워. 하지만 그래도 300은 안 돼!"

"그럼 얼마?"

"그냥 퉁! 싫음 말고."

양 부장이 제의를 물었다. 실은 강토가 바라던 일이었다. 하이에나처럼 살아가는 인간들이었다. 피도 눈물도 없다고 봐야 했다. 그런 인간들이었으니 채무 포기하는 판에 제 돈을 내놓을 리는 만무했다.

"좋아요, 서류 내놓으시죠."

"씨발 새끼……."

양 부장은 금고로 가서 문을 열었다. 그러더니 신경질적으로 서류를 꺼내 흩어놓았다. 한참 후에야 그는 덕규의 대출 서류를 찾았다. 덕규를 옥죄던 소액 변종 대출 서류였다.

"확인해라."

강토는 서류를 덕규에게 보였다.

"맞아. 내 서류……."

"태워."

라이터를 넘겨주었다. 덕규는 라이터를 당겨 대출 서류에 불을 놓았다.

"가자!"

마지막 조각을 허공에 놓은 강토가 돌아섰다. 덕규는 그게 다 타는 걸 확인하고서야 밖으로 나왔다.

"형!"

덕규는 두 팔을 벌린 채 강토에게 날아들었다. 사이다를 마시고 시원하게 트림을 한 기분이었다.

"뇌빨 초대박, 죽인다!"

"어디 가서 치맥으로 2차?"

"그건 내가 쏠게. 콩팥을 하나 떼어 팔아서라도."

"아무튼 가자. 여기 있으면 당장 하나 떼게 될 지도 모르겠다."

강토가 3층을 가리켰다. 그 창문이 거칠게 열렸던 것이다. 창으로 고개를 내민 양 부장은 분함을 참지 못하고 저주를 퍼부어댔다.

"이 개자식들, 너희들 공연히 입 놀리고 다니다 내 눈에 띄면 뒈진다. 알았어?"

양 부장은 목이 쉬도록 펄펄 뛰었다.

강토는 보란 듯 손을 흔들어주었다. 쳐다만 보아도 오바이트가 쏠리는 느끼한 얼굴, 다시 볼 이유가 없었다.

"건배!"

"마시고 뒈지자!"

술을 마셨다. 비우고 또 비웠다. 2000cc 하나를 비워내고서야 강토와 덕규는 겨우 숨을 돌렸다. 안주는 아직 손도 대지 않은 상태였다.

"형, 이거 꿈 아니지?"

덕규가 물었다.

"꿈이었으면 좋겠냐?"

"노노, 절대로!"

"그렇게 좋냐?"

"당연하지. 나 거기 조금 더 다녔으면 형 아버지처럼 됐을 거야."

"우리 아버지?"

"형 아버지, 개자식 하나 담그고 학교 갔었다면서? 나 솔직히……."

부시럭거리던 덕규가 품에서 짧은 단도 하나를 꺼내놓았다. 딱 손바닥만 한 나이프였다.

"딱 두 달 더 채워주고 그래도 개소리하면 양 부장하고 마사장 새끼 담귀버릴 생각이었어."

"이런 미친 놈……."

강토는 나이프를 쓰레기통에 던져 버렸다.

"그만큼 힘들었다고. 나 어쩌면 스트레스 때문에 암 걸렸을지도 몰라."

"그렇게 힘들었냐?"

"말도 마. 나 이제 알았어. 588 애들 생리대 심부름을 하더라도 사채는 쓰지 말아야 한다는 거. 없는 사람 조져서 돈 받아내는 마음 알아? 그 사람들, 다른 데서 더 비싼 이자로 빌려온 돈이야. 아니면 자기 가족들 쥐어짜서 가져온 돈이고."

"……."

"아무튼 고마워 형. 우리 엄마 말이 형 사주가 나한테 빚이 될 사주라더니 딱이네. 솔직히 별로 믿지 않았는데……."

"술이나 마셔라."

"그래. 오늘은 코가 삐뚤어지게 마실 거야. 그리고 사채나 대출 쪽으로는 오줌도 안 쌀 거라고."

덕규가 다시 잔을 비워냈다. 강토도 나란히 비워냈다.

꿀꿀꿀!

맥주가 만드는 하얀 거품을 보며 생각했다. 타인의 뇌를 열고 들어가 비밀을 공유하는 이 매직 스킬……. 머리에 힘을 주면 어쩐지 빵빵하게 느껴지는 이 자신감…….

다시 사라질 것 같지는 않았다. 물론 부작용은 있었다. 한번 발현하면 강토도 맥이 풀리는 것. 하지만 시간이 조금 지나면 회복되는 대미지였다.

'혹시…….'

술에 취해서도 되는 기능일까?

호기심이 발동한 강토, 헤죽거리는 덕규의 눈을 겨누었다. 그리고 뉴런의 파동을 쏟아 넣었다.

움찔!

두 남자가 역방향으로 흔들렸다. 그 사이에 강토의 뉴런은 시냅스를 통해 이온의 바다를 만들었다. 이온에 취한 덕규의 시냅스는 스파인을 부풀리며 길을 열어주었다.

쾌속!

뉴런은 덕규의 해마 안으로 들어가 첫 비밀의 기억을 열었다.

〈취업 사기〉

덕규의 최신 비밀은 그대로였다.

"형!"

잔을 내려놓은 덕규가 머리를 만지며 입을 열었다.

"그래, 내가 뇌빨 한번 시험했다."

"아, 씨발… 존나 부럽네. 그때 나도 뇌 연구소 알바에 붙었어야 하는 건데……."

"잠깐만!"

술기운 때문일까? 괜한 호기가 발동했다. 강토는 배에 힘을 주고 호흡을 가다듬었다. 그런 다음 눈매에 힘을 주었다. 전신에서 투둑투둑 고통이 끓어오르는 게 느껴졌다. 강토는 이를 물고 스킬을 몰아붙였다. 전두엽, 두정엽, 후두엽, 측두엽… 뇌 안으로 들어간 뉴런은 뇌 안에 빼곡한 단계를 열고 진행했다. 강토는 집중했다. 조금 더… 조금 더…….

"……!"

그러자 여러 서랍 중에서 가장 은밀한 서랍 뚜껑이 열렸다. 차 박사의 경우처럼.

열다섯 살…….

작은 골방…….

엄마를 찾아온 588의 노계 아가씨 장세나.

그녀가 중학생인 덕규를 품었다.

동정을 잃었다.

'엄마한테는 비밀!'

장세나의 말…….

덕규의 최강 비밀이었다.

휘청!

큰 비밀을 엿보는 건 역시 쉽지 않았다. 강토는 의자와 함께 흔들렸다.

"후-우!"

강토는 한숨을 쉬며 늘어졌다. 굉장한 피로감이었다.

"뭐한 거야? 머릿속이 존나 쌔끈한데?"

덕규도 이마를 짚었다.

"너 지금 최근 비밀이 엄마한테 취업했다고 구라친 거?"

겨우 숨을 돌린 강토가 물었다.

"응!"

"네 생에 가장 큰 비밀은 588 아가씨가 엄마 몰래 동정 따간 거?"

"으악!"

"그거 말고 다른 비밀은 없냐?"

"그거 어떻게 알았어?"

덕규는 몸서리를 쳐댔다.

"없냐고?"

"씨발, 내 속을 죄다 읽어버리는 거야?"

"말이나 하라고 짜샤!"

강토가 소리쳤다.

"형……."

"너 약점 잡으려는 게 아니고 내가 어디까지 맞추는 건가 궁금해서 그런다. 그러니까 좀 도와줘. 다른 사람 붙잡고 물으면 나 돌았다고 할 거 아니냐?"

"뭐 그건 그러네."

"없냐?"

"왜 없어? 열라 뿅 많지. 엄마 몰래 지갑 열고 10만 원 뽀려간 거하고… 나 588 산다고 개무시하던 선생 새끼 식판에 침 뱉은 거… 그리고… 취업 추천 해준다고 잔심부름 존나 시켜 처먹고 추천은 엉뚱한 놈 해준 교수 차 앞 유리 박살 낸 거……."

"다냐?"

"더 필요해?"

"아니, 그럼… 그 다섯 가지 비밀의 우선순위는?"

"그거야 세나 누나……."

"그래?"

"왜? 나 뭐 잘못 됐어?"

"아니… 잘못된 거 없다. 마시자."

강토가 잔을 집어 들었다. 느릿느릿 한 모금을 넘기며 머리를 정리했다.

비밀!

강토의 스킬은 한 번에 하나의 비밀만 열 수 있다. 상대방이 최근에 만든 비밀. 그건 완전 자동.

예외적으로 두 번까지는 허용이 된다. 그건 그의 생애 가장 중요하다고 생각되는 비밀. 그러나 강토에게도 큰 대미지를 수반하는 일.

그게 다였다. 다른 비밀은 열리지 않았다. 그러니까 강토에게 허용된 오픈은 두 번이었다. 누군가에게서 두 번, 두 개의 비밀을 캐낼 수 있는 것이다.

차태혁의 말이 스쳐갔다.

서서히 적응하라던 말…….

그 말은 곧 강토가 스킬을 응용할 수 있다는 암시 같았다.

여기까지 오케이!

강토는 고개를 끄덕거렸다.

시간은 널널하고 첫술에 배부를 수도 없는 일이었다.

지금까지 생긴 일만 해도 충분히 익사이팅했으므로!

지하 벙커의 야전침대에서 잠이 들었다. 몸을 뒤척이면 끼이이 신음소리가 났다. 꿈속은 여전히 은빛 파동의 세계였다. 빠자작 빠자작, 뇌파의 바다는 쉴 새 없이 촉수를 뻗어나갔다.

으음…….

목이 말랐다. 술 탓이었다. 치맥으로 간을 본 후, 청량리시장 골목에서 똥집 튀김에 소주를 깠다. 그건 덕규가 책임을 졌다. 이미 취기가 올랐지만 해방된 덕규의 기분을 무시할 수 없었다.

5천 원짜리 똥집 튀김은 기가 막혔다. 청량리는 물가가 싸다. 가격대비 최고라고 할 수 있었다. 소주는 각 1병씩을 마셨다.

588을 지나며 쇼윈도를 바라보았다. 어쩐지 한가했다. 늦은 밤이면 근무 차 서 있는 아가씨들도 별로 보이지 않았다. 술 때문에 광수 생각도 나지 않았다. 그렇게 벙커에 들어온 둘은 씻지도 않고 잠이 들었다.

쾅쾅!

철문 두드리는 소리가 들렸다.

"우웅! 씨발……."

덕규가 돌아누우며 궁시렁거렸다.

디롱동동!

전화 소리도 들렸다.

"아, 진짜……."

강토도 전화를 엎으며 짜증을 냈다.

쾅쾅쾅!

소리는 점점 더 커졌다.

"……!"

믿기지 않게도 강토와 덕규는 거의 동시에 몸을 일으켰다.

"또 광수?"

"양 부장?"

둘의 입에서는 다른 말이 나왔다. 그러고 보니 벙커를 두드릴 사람이 둘이나 있었다.

"아, 씨발……."

덕규가 머리카락을 문지르며 일어섰다. 앞이 누렇게 변색된 빤쓰 차림이었다. 그사이에 강토는 핸드폰을 집어 들었다. 전화를 건 번호는 모르는 숫자였다.

"누구세요?"

덕규가 문을 향해 소리쳤다.

"안에 있네. 문 열어요."

철판을 넘어온 목소리는 낯설고 거칠었다.

"그러니까 누구냐고?"

양 부장도, 광수도 아님을 안 덕규가 목청을 높였다.

"이강토 안에 있지? 빨리 열어."

"형 찾는데?"

덕규가 강토를 돌아보았다.

"나?"

"응."

"누구지?"

강토도 야전침대를 내려왔다. 옷을 걸치고 문으로 다가섰다.

"누구신데요?"

"검찰이야. 따고 들어가기 전에 빨리 열라고."

검찰?

"검찰이 왜요?"

"으악, 양 부장 그 개새끼 아는 검사 있다더니 우리 찌른 거 아니야?"

옷을 챙겨 입던 덕규가 몸서리를 쳤다.

"새꺄, 꼴랑 그런 일로 검찰에 신고하냐? 수사 들어가면 저희들이 더 털릴 판에……."

"그건 그러네?"

의아한 마음에 인터넷을 연결했다. 그러자 주요 뉴스가 떠올랐다.

"……!"

강토의 시선은 첫 줄에 꽂혀 움직이지 않았다.

"이, 이게 뭐야?"

자신도 모르게 전화기를 떨어뜨리고 마는 강토.

"뭔데?"

덕규가 다가와 핸드폰을 주워들었다.

"엥? 뇌과학연구소 차일환 박사 자살?"

덕규의 시선이 강토에게 옮겨왔다. 그 순간 철컹하고 철문이 열렸다. 누군가 주인에게 가서 예비키를 가져온 모양이었다.

"누가 이강토야?"

두 명의 수사관이 위압적으로 물었다.

"난… 데요."

강토가 손을 들었다. 지은 죄도 없었고 튈 구멍도 없었다.

"검찰이야. 문 왜 안 열었어?"

유 수사관이 신분증을 꺼내보였다.

"자고 있었거든요."

"아, 술 냄새… 대체 얼마나 빤 거야?"

"……."

"우리 왜 온 줄은 알지?"

"모르는데요."

"몰라?"

"예……."

"일단 가서 얘기하자고."

유 수사관이 강토 등을 밀었다.

"잠깐요. 우리 형, 왜 데려가는 건데요? 어디로 데려가는 건데요?"

덕규가 나서 문을 막았다.

"걱정하실 거 없습니다. 당신도 같이 갈 거거든요."

수사관은 친절하게도 덕규의 목덜미까지 잡아챘다.

*　　　*　　　*

차일환 자살!

그 사건은 대한민국뿐만이 아니라 미국의 과학계까지도 발칵 뒤집어놓았다.

차 박사가 가지는 위상 때문이었다. 그는 노벨상에 최근접한 과학자. 빠르면 이번 해에 수상을 할 거라는 말까지 돌았던 사람이었다.

차 박사는 연구소장실에서 자살을 했다. 늦은 저녁, 그가 택시를 타고 도착했다는 것이다. 행동은 좀 이상했다고 했다. 뭔가에 쫓기듯 초조한 얼굴이었단다. 경비원에게 함구령을 내린 그는 조용히 소장실로 들어갔다.

시신은 다음 날 아침에 발견되었다. 그때까지도 나가는 기색이 없어 염려가 된 경비원, 8시 경에 소장실을 두드렸다. 문은 잠겨 있지 않았고, 차 박사는 책상 위의 허공에 발이 들려 있었다. 목을 맨 것이다.

초동수사부터 검찰이 맡았다.

잠겨 있지 않은 문.

바닥에는 뭔가를 태운 흔적.

재로 남은 흔적들 사이에는 USB도 수십 개 던져져 있었다.

"웃어?"

조사실에서 강토를 다그치던 유 수사관이 테이블을 후려쳤다.

"예? 아니, 그게 아니라……."

강토는 차 박사의 자살 현장 사진을 내려놓았다. 자신도 모르게 웃는 모습을 본 유 수사관이 흥분한 모양이었다.

"아무튼 아는 게 없다?"

사진을 회수한 유 수사관이 눈빛 레이저를 뿜었다. 검찰로 송치된 강토는 여섯 시간 동안 조사를 받고 있었다. 말이 조사지 심문이었다.

검찰은 강토에게 혐의를 두고 있었다. 그건 정 박사의 증언 때문이었다. 강토와의 담판 이후에 목을 매달은 까닭이었다. 다른 문병객들이 있었지만 강토만큼 혐의가 가는 사람은 없었다.

"그러니까 병실에서 별 얘기 안 했다?"

유 수사관이 물었다.

콰르릉!

창밖에서 천둥이 울었다. 강토가 엮어온 후로 하늘이 어두워졌다. 그러더니 급기야 번개까지 볶아대는 것이다.

"그렇다니까요."

"그런데 다투는 소리가 복도까지 들려?"

"그건 그냥 차 박사님이 흥분해서……."

"이 새끼 봐라. 이게 검찰을 물로 보네?"

유 수사관은 자판을 들어 강토의 머리를 내려쳤다. 강토, 본능적으로 유 수사관을 노려보았다.

"눈 깔아. 이게 어디서 눈을 부라리고 지랄이야?"

벌떡 일어선 유 수사관이 강토를 볶아댔다.

"어쨌든 난 모르는 일이라고요."

"몰라? 그런 놈이 죽은 사람 사진보고 웃어? 그리고 이 돈은 뭐고? 연구소로 찾아가기로 한 건 또 뭐냐고?"

유 수사관이 돈뭉치를 흔들었다. 차 박사가 준 돈이었다. 그들은 그 돈을 구리게 받아들이고 있었다. 천만 원. 액수가 많았던 것이다.

"말했잖아요. 그건 박사님이 사고 위로금으로 준 돈이고 연구소로 오라고 한 것도 박사님이라고요."

"이 새끼 지능범이네. 하긴 네 아버지도 장성이시두만."

"장성?"

"별 다신 전과자 말이다. 이 새끼야. 어디서 심리전 까고 지랄이야?"

"아, 진짜… 왜 남의 아버지까지 팔고 난린데!"

다시 날아오는 자판을 밀어낸 강토가 몸을 일으키며 소리쳤
다.

"어쭈?"

"어쭈고 나발이고 난 몰라요. 그러니까 괜한 아버지 엮어 넣
지 말라고요!"

"이 새끼가 검찰을 뭘로 보고?"

"뭘로 보긴? 개털로 보지. 말이 났으니 말인데 억울한 건 우
리 아버지였다고. 남이 피땀 흘려 이루어놓은 기업 통째로 먹
어치운 놈인데 좀 찌르면 어때? 그게 그렇게 잘못된 일이면 우
리 아버지 기업도 다시 살려줘야 하는 거 아니야?"

강토, 꼭지가 살짝 돌았다. 그렇잖아도 오랜 피해의식으로 남
은 아버지 사건. 그 사건을 편파적으로 몰고 간 것도 다름 아
닌 검찰이었던 것이다.

"그래서? 네 아버지한테 수법 배워서 여자까지 데리고 가서
차 박사님 협박했냐?"

"협박은 무슨 협박?"

"아니면? 왜 여자를 데리고 간 건데?"

"……!"

악을 쓰던 강토가 흠칫 주저했다. 검찰, 물은 아니었다. 어느
새 서영의 등장까지 파악한 모양이었다.

"자, 이제 본론으로 들어가볼까?"

"……."

"여자는 어디로 빼돌렸어?"

"……?"

"차 박사님 협박했지?"

"절대!"

"아니면, 박사님이 왜 너한테 천만 원을 줬는데?"

"그냥 위로금이라고 했잖아요!"

"연구소 연구진들 진술은 좀 다르던데?"

"……?"

"쉽게 가자. 어차피 직접 살인은 아니라는 거 우리도 알고 있어. 하지만 어쨌든 차 박사님이 죽었어. 이 양반이 얼마나 대단한 사람인지 너도 알지? 거기서 뇌파 실험 알바도 했다면서?"

"내 핸드폰에서 녹음 들었잖아요. 협박 같은 건 없었다고요."

"이거 말이지?"

유 수사관이 강토의 핸드폰을 들어보였다. 보험용으로 찍어두었던 차 박사와의 대화. 일이 이상한 쪽으로 흐르길래 일찌감치 공개한 강토였다.

"난 이게 더 수상해. 네가 선량한 시민이라면 말이야 이런 게 왜 필요할까? 게다가 녹음 속 네 태도는 불손하기 짝이 없더군. 게다가 내용은 중간에 짤려 있고… 뒤에 무슨 요구를 한 건지 누가 알아?"

불손!

이상한 느낌으로 차 박사를 다그친 일. 그 또한 문제가 되는 모양이었다. 하지만 그건 설명할 수 없는 일이었다. 한순간 내가 아닌 무엇이 뇌에 들어온 것 같았던 느낌. 그게 말로 될 일인가?

"아, 진짜……."

강토는 머리를 쥐어뜯었다.

"이 새끼, 진짜 안 불어? 제대로 한번 다뤄줄까?"

화가 치민 유 수사관이 책상을 거푸 두드렸다. 그때 조사실 문이 열렸다.

"반 검사님!"

수사관은 급 흥분을 가라앉혔다.

뚜벅뚜벅!

발소리는 묵직하게 강토에게 다가왔다.

"이강토?"

검사의 목소리를 따라 강토가 고개를 돌렸다.

"……!"

강토의 시선이 멈췄다. 그였다. 청와대 실세라는 장철환과 함께 문병을 왔던 사람. 그의 신분이 진짜 검사였던 것이다.

"유 수사관은 그만 나가봐."

검사의 명이 떨어지자 유 수사관은 강토를 한 방 먹일 듯 액션을 취하고는 조사실을 나갔다.

"담배 태우나?"

창가에 기대선 반석기가 담배를 꺼내보였다.

"아뇨!"

강토는 고개를 저었다.

"사회학과 졸업이라고?"

느릿하게 물으며 그는, 담배를 꺼내 물었다.

"예……."

"우리 수사관과 나눈 얘기는 옆방에서 다 들었어."

"……."

"우리 수사관이 말이 좀 길었는데 팩트는 간단해. 천만 원과 사창가 아가씨, 그리고 불손한 태도."

"……."

"천만 원은 자네 주장대로 차 박사가 그냥 준 거라고 치고 그럼 아가씨는?"

"……."

"알아보니 그 아가씨 청량리 사창가에서 일하고 있었더군. 이강토와 함께 차 박사님 만나기 전까지는."

"……."

"그런데 그 후로 행방을 감췄어. 에이즈 감염자라는 소문도 있긴 하던데 그 소문의 출처도 이강토라고 들었고."

"……."

"아가씨를 이용해 약점을 잡았나? 그래서 그렇게 불손하게 몰아세운 거고?"

"……."

"설명해 봐. 알고 보니 내 대학 후배던데 육하원칙에 맞으면 바로 내보내줄게."

"……?"

"나도 너네 대학 법대 출신이야."

"예……."

"네 친구도 함께 나가야지. 아니 동생이던가?"

"……."

"오 분 주지. 시간 지나면 정식으로 수사에 들어갈 생각이야. 차 박사 사건의 관련 피의자로 말이야. 밖에 기자들 서성이는 것도 귀찮고……."

피의자!

그 말이 강토의 뇌리를 직격하고 지나갔다.

기자!

그 단어가 뒤를 이어 몰아쳤다.

이강토와 황덕규!

'뉴스에 나가면…….'

개쪽이었다. 아버지는 어떻게 받아들일까? 낙향한 덕규의 엄마는? 자칫하면 덕규가 초상까지 치를 판이었다.

"4분 남았네."

"……."

"3분……."

"……."

"1분."

"……."

"타임 오버. 뭐 믿는 구석이라도 있나본데 그럼 정식으로 시작하자고."

반 검사는 절반도 안 피운 담배를 재떨이에 구겨 넣었다.

"하늘에 맹세컨대 저는 아무 잘못 없습니다. 천만 원은 위로금 맞고요."

"그러니까 여자!"

담배를 뭉개던 반 검사가 혼잣말처럼 응수했다. 씨도 먹히지 않는 것이다.

"……."

"대화를 녹음할 정도의 지능범치고는 허술하군. 여자에 대한 대안도 마련해 두었어야지."

와자작!

반 검사 뒤의 창으로 내리꽂히는 낙뢰가 보였다. 낙뢰의 은빛 몸부림이 강토의 눈에 긴 잔상으로 남았다.

아가씨 오서영!

그 여자가 첫 뇌관이었다. 차라리 같이 잡혔더라면 간단할 것을, 여자는 에이즈가 들통날 것에 대비해 깊은 잠수를 탄 후였다. 그런 여자가, 강토와 덕규가 뉴스에 난다고 나타나줄 것인가?

'푸헐!'

이루어지지 않을 바람이었다.

차 박사를 몰아붙인 것도 그랬다. 강토가 검사라도 이해가 안 될 일이었다. 알바생 주제에 대석학을 몰아붙이다니? 뭔가 이유가 없다면 불가능한 일이었다.

와자작!

한 번 더 서울의 하늘이 무너질 때, 강토가 가만히 고개를 들었다. 그 눈에 내리꽂히는 낙뢰가 선명하게 맺혔다. 그건 반석기 검사도 같았다. 한 사람은 서 있고, 또 한 사람은 앉아 있지만 둘은 동공이 흔들리지 않았다.

"솔직히 말하죠."

강토가 입을 열었다.

"……."

반 검사는 침묵으로 응수했다.

꿀꺽!

목이 갈라지는 갈증을 느낀 강토는 마른 침을 겨우 넘기고 요점을 까보였다.

"우연히 차 박사님의 비밀 두 개를 알게 되었습니다!"

─새디스트 차일환!

─살아 있는 아들의 뇌를 도려낸 차일환!

"……."

이야기를 다 들은 반 검사는 깊은 침묵을 지켰다. 강토의 얼굴에서는 식은땀이 폭포를 이루고 있었다. 믿어줄 것인가? 아니면…….

"……."

침묵은 계속 이어졌다. 그래도 비웃음보다는 나았다.

"그러니까… 차일환 박사가 변태성욕자라?"

반 검사가 첫 마디를 열었다.

"예……."

"아들을 죽이고 뇌까지……."

"확인하지는 못했습니다."

"어쨌든 그 비밀을 네가 알았고?"

"예."

"그래서 갑처럼 오만하게 굴었고?"

"그건… 뭐… 예."

"후우! 이것 참……."

다시 담배를 꺼내려던 반 검사, 몸동작이 빨라지더니 라이터를 대신해 권총을 뽑아들었다.

"……!"

조금 멈춰가던 강토의 식은땀이 다시 홍수를 이루고 있었다. 반 검사의 권총이 입술을 밀고 들어온 것이다.

"이 자식 이거 아주 쌩 악질이구만. 사람이 죽었다고 아무 말이나 지어내? 그 주둥이에 제대로 구멍 좀 뚫어줄까?"

돌변한 반 검사에게서 살의가 쏟아져 나왔다.

"검사님……."

"이 자식아. 이 사건, 국가적인 관심이 쏠린 사건이야. 기왕 쏠린 거 입안에다 한 방 쏴주고 너도 자살했다고 발표해줘?"

"……."

"불래? 뒈질래? 진짜 방아쇠 땡기기 전에 말해."

"검사님……."

"에이, 쌍!"

보기보다 다혈질 반 검사, 손가락을 건 방아쇠에 힘을 주기 시작했다.

"좋아요, 차라리 쏘세요!"

이판사판, 강토도 그대로 악을 써버렸다. 진실을 말해도 알아듣지 못하니 다른 방법도 없었다.

"이 자식……."

"그래, 당신들 검찰… 최상위 권력층이니 나 같은 백수는 우습겠지. 그런데 어쩌란 말이야? 그게 진실이라고. 진실을 말해도 못 알아들을 거면 그냥 쏴!"

권총을 밀어낸 강토가 배를 걷어붙였다.

"……."

기세에 질린 반 검사가 주춤거렸다.

"씨발, 우리 아버지도 이런 식으로 족쳤겠지. 진실 따위는 아랑곳도 없이. 그래, 당신들 이미 원하는 답이 있어? 그게 뭐야? 솔직하게 말해주면 내가 그대로 사인할게. 한다고!"

"어이, 이강토……."

"차 박사님? 고매하지. 그런데 어쩌라고. 그 고매하신 분도 뒷구멍으로는 그런 비밀이 있는 걸 나보고 어쩌라고. 그 아들까지 죽인 진짜 나쁜 놈인 걸 어쩌라고!"

"어이!"

"못 믿어? 그럼 당신 비밀도 말해줄 테니까 이 조사실 녹음

중인 거면 꺼. 꺼보라고!"

"이 자식이 돌았나?"

"양자!"

다그치는 반 검사를 향해, 일성을 날렸다.

"……!"

반 검사의 몸이 굳는 게 보였다.

단 한 단어였지만 치명타급이었다. 치명타급의 대가는 강토
도 치루었다. 첫 번째 날린 스킬에 딸려 나온 비밀은 별게 아니
었다. 그래서 거푸 시크릿 메즈를 시전해 가장 은밀한 서랍을
열어젖힌 강토였다.

"너 지금 뭐라고 그랬어?"

"양—자!"

강토는 한 글자 한 글자를 힘주어 대답했다. 그 말을 들은
반 검사가 유리벽을 향해 신호를 보냈다. 녹취를 중단하라는
신호였다.

"어이, 너 그게 무슨 뜻인 줄은 알고 있어?"

눈빛이 사나워지는 반석기.

"알지. 반석기… 당신의 비밀……."

"……!"

"금수저를 빨며 자랐지만 알고 보면 당신도 흙수저. 본명은
김진우네, 두 살 때 반 장관의 집안에 입양이 되었지. 당시에는
국장이었던가?"

"……!"

"최근 3년 전에 진실을 알았지? 아버지가 운명하면서 써둔 유서를 보고."

"……?"

"미안, 아무도 모르는 당신의 비밀, 그런데 누군가와 뇌파가 일치하면 그쪽 뇌의 비밀이 공유되는 걸 어쩌라고!"

"뇌?"

"그래. 기왕 말한 거 다 까발려주지. 나!"

나까지 말하고 잠시 말을 멈추었다.

검사 반석기!

말을 하면 믿어줄까? 그리고 내 편일까? 그동안 있었던 뇌 정보 공유는 죄다 개인적인 일들. 그러나 상대는 공적 수사기관의 대표자인 동시에 사법권한을 가진 사람이었다. 증명만이 능사가 아니었다.

"나 뭐?"

반석기가 우묵하게 바라보았다.

"뇌에 벼락 맞았어. 차 박사 연구소에 사고 난 날 말이야. 거기서 차 박사 아들 뇌하고 함께 낙뢰에 노출되었는데 그때부터……."

"……?"

"뇌파 독심술이 가능해졌다고!"

뇌파 독심술!

그 단어를 택했다. 특별한 이유는 없었다. 사회에서 쓰이는 말이고, 그 순간에 떠오른 단어이기도 했다.

"독심술?"

"나한테 왜 이런 일이 일어났는지, 뇌 전문가인 박사님에게 물어보고 싶어서 찾아간 것뿐이야. 그런데 이야기를 들은 차 박사가 천만 원을 내놓았어. 내 이상한 현상에 대한 설명은 오늘쯤 만나서 검사해준다고 했는데 제 멋대로 죽어버린 걸 나보고 어쩌라고!"

터엉!

강토의 절규는 거기서 멈췄다. 반 검사가 두 팔로 책상을 내려찍은 것이다. 심상치 않은 분위기에 유 수사관이 들어왔다. 반 검사는 그를 바로 내보냈다.

"그러니까 네 팩트는⋯⋯."

반 검사, 강토를 노려보며 뒷말을 이었다.

"네가 기가 막힌 뇌파 독심술 능력을 갖게 되었다?"

"안 믿어도 상관없어."

"난감하군."

반 검사가 고개를 저었다. 누가 이런 말을 믿으랴? 그러나 믿지 않을 수 없게 되어버렸다. 최근에야 알게 되어 정체성을 고민하며 생모를 찾고 있던 반석기. 그 사실은 지상의 누구도 모르는 일이었다. 당시 경제부처 국장이던 부친이 은밀하게 입양을 한 까닭이었다.

그런데!

그걸 강토가 알고 있었다. 상대는 반석기의 주량이나 취향도 모를 낯선 사람. 하늘이 뒤집히면 뒤집혔지 비밀을 알 수 있는

관계가 아니었다.

"나도 난감하거든."

격앙된 강토가 응수했다. 강토, 이제 보이는 게 없었다. 아버지에게 또 하나의 한을 안기지 않으려면 몸부림이라도 쳐야 했다.

"실험실에서 뇌 벼락을 맞았다?"

"……"

"그때부터 뇌파 독심술 능력이 생겼다?"

"원래부터 내가 뇌빨이 좀 있긴 했지."

"그래서 차 박사가 숨기는 일을 알게 되었다?"

"몇 번 말해야 알아?"

"차 박사에, 나에… 랜덤으로 아무나 다?"

"뇌파가 맞는 인간만 그렇다고 말했잖아."

강토는 여운을 남겼다. 피할 수 없는 일이라 질러 버렸지만 빠져나갈 구멍도 필요하기 때문이었다.

"좋아!"

반 검사, 엄지와 중지로 따악 소리를 내더니 창가를 향해 걸어갔다.

빠자작!

낙뢰는 그를 배경으로 서울 하늘을 후려쳤다. 강토는 그에게서 눈을 떼지 않았다. 이제는 도 아니면 모였다.

"그 뇌파 독심술 말이야, 내 앞에서 증명해 보일 수 있나?"

"이미 증명했잖아?"

"한 번은 우연일 수도 있잖아? 그냥 찍었을 수도 있고."

"……."

"가능한가?"

"해보자고."

"오케이, 그럼 일어나시지."

반 검사의 목소리는 조금 누그러져 있었다.

제6장
러브콜

똑똑!

반 검사가 문을 두드렸다.

"들어와요!"

안에서 낮은 목소리가 흘러나왔다. 반 검사가 들어가라는 눈짓을 했다.

"······!"

한 발 들어선 강토의 눈빛이 굳어버렸다.

증명!

흉악범이 숨긴 증거물을 알아내라.

복도를 걷는 동안 강토는 그 생각을 하고 있었다. 예상은 보기 좋게 빗나갔다. 방 안에 앉아 있는 사람은 여자였다. 그것도 아리따운 미녀. 게다가 주먹만 한 잠자리 선글라스를 눌러 쓴.

찡긋!

반 검사가 눈짓을 건네 왔다. 강토는 넘어가지도 않는 침을 삼켰다.

미녀.

범죄자가 아니라 그녀의 비밀을 건져내라고?

"아직 안 끝났어요?"

여자가 반 검사를 향해 입을 열었다. 강토의 매직 뉴런은 바로 그때 출격했다. 이글거리는 체표를 떠난 뉴런의 파동은 여자의 얼굴로 직진했다.

하지만!

"······!"

혼자 출렁거린 사람은 강토였다.

'스킬이 먹히지 않는다.'

이런 일은 처음. 가슴이 철렁했다. 당황한 마음을 감추고 한 번 더 시전. 그러나 결과는 같았다. 선글라스 안으로 엿보이는 여자의 눈. 이제 보니 맨눈이 아니면 뉴런의 파동이 들이치지 못하는 모양이었다.

젠장!

다리가 풀렸다.

어떻게든 선글라스를 벗겨야 했다.

"저도 물 한 컵······."

강토가 반 검사를 바라보았다. 반 검사가 허락의 고갯짓을 건네 왔다. 제 손으로 물을 따른 강토, 급하게 먹는 척 하다가 쿨럭, 파편을 뿜었다.

"……!"

파편 습격을 당한 여자가 안경알이 터질 듯 레이저를 뿜었다.

"죄, 죄송합니다."

소파 위의 티슈를 몇 개 뽑아 내밀었다.

"됐거든요."

여자는 매몰찬 거절과 함께 선글라스를 벗어들었다. 그 순간 강토의 뉴런 폭풍이 여자의 동공을 치고 뇌로 진격했다.

"어머!"

여자가 잠시 꿀럭거렸지만 신경 쓰지 않았다. 선글라스를 쓰기 전에 해치워야 했다.

'열려라!'

강토는 조금 서둘렀다. 미녀도… 뉴런은 다르지 않았다. 기세를 올린 강토의 뉴런들은 그녀의 시냅스를 통해 해마에 도착했다.

비밀…….

그 은밀한 첫 뚜껑을 기어이 열었다.

홍대 쪽 모텔이었다.

여자였다.

매끈하게 빠진 여자였다.

이름은 상희.

여자의 절친이었다.

하지만 둘은 시원한 속옷차림이었다. 두 여자는 레즈비언이었다.

'젠장!'

뜻밖의 비밀이 나왔다. 강토는 미간을 찡그렸다. 반 검사와는 딱 봐도 연인사이로 나오는 견적. 그런데 여자가 레즈비언이라니?

강토는 공연히 어깨를 출썩거리며 휘청거리는 의식을 바로잡았다. 한숨은 단 한 번이었다. 하나로는 부족할 수도 있는 일. 강토는 허덕이는 숨결을 고르며 한 번 더 여자의 비밀을 향해 뉴런을 몰아쳤다.

한 번 간 길이라 조금 더 빨랐다. 전두연합령과 운동연합령, 시각령과 청각령을 지나 해마에 닿았다. 여자의 해마는 다른 사람보다 조금 작은 듯 보였다.

'최고의 비밀이 필요해!'

후끈 감각의 세기를 높이자 원하는 기억 정보가 건너왔다.

섹스 파티!

광란의 할로윈 파티였다.

미국이었다.

오직 여자들만 10여 명.

고등학생 졸업반 나이의 아이들은 가면을 쓴 채 여자들끼리 붙어먹었다.

여자도 그 멤버 중의 하나였다.

맥이 거칠게 풀렸다. 무리한 탓이기도 했지만 상상 외의 일이기 때문이었다. 볼일을 마친 강토는 천천히 구석으로 물러났다.

"조금 늦을 거 같아."

반 검사는 그제야 여자에게 대화를 건넸다.

"진작 말하지 그랬어요."

여자가 일어섰다.

"가게?"

"다음에는 먼저 연락하세요. 검찰청은 왠지 정이 안 가서……."

"그러지."

여자는 강토를 흘어본 후에 방을 나갔다.

반 검사는 창밖을 내다보고 있었다. 그의 망막에 여자의 차가 맺혔다. 차는 별 미련도 없이 검찰청을 빠져나갔다. 두 사람, 연인이지만 알콩달콩한 사이는 아닌 것 같았다.

"성공했나?"

소파에 앉으며 반 검사가 물었다.

"물론!"

"그런데 아까부터 계속 반말이야?"

"……."

"말해 봐."

"좀 껄끄러운 일… 이군요."

강토는 마지못해 공대를 붙여주었다. 감정도 조금 가라앉았고 대충 봐도 강토보다 너댓 살은 더 많아 보이는 반 검사였다.

"상관없어."

"레즈비언입니다."

"……?"

"레-즈……."

"됐고… 상대가 누군 줄도 아나?"

"상희라고……."

"내 짐작이 맞았군."

반 검사의 입가에 돌연 미소가 감돌았다.

"하나 더 있습니다."

"더?"

"이건 조금 더 껄끄럽군요."

"말해 봐."

"여자 분, 미국에서 학교를 다녔나요?"

"아마!"

"고등학교 때 여자들끼리 그룹 섹스를 한 적이 있습니다. 할
로윈 데이 날……."

"……."

"더 말씀드릴까요?"

"아니, 됐어."

"……."

"이강토……."

"예."

"혹시나 해서 묻는데 내 뒷조사한 건 아니겠지?"

"미안하지만 차 박사님과 꼬이기 전에는 검사님이 지구에 있는 줄도 몰랐습니다."

"그렇다면 굉장하군. 우리 최면전문 수사관과는 댈 것도 아니니."

"……."

"그 뇌파 독심술 말이야, 도구나 절차 같은 것도 필요 없나?"

"뇌파가 맞으면 가능하죠."

"안 맞으면?"

"최면수사도 신뢰도가 100%는 아닐 텐데요?"

강토는 탈출구를 남겨두었다. 심리학 시간에 들은 강의가 도움이 되었다. 검찰이 도입한 최면수사. 그 또한 100%는 아니었다.

"그럼 뇌파가 맞으면 그 사람의 모든 것을 공유할 수 있나?"

"그럼 내 뇌가 터지게요? 그저 랜덤으로 걸리는 몇 개는 가능합니다."

"랜덤치고는 퀄리티가 좋군. 나하고 아까 그 여자 말이야."

"살인자 누명 안 쓰려고 죽기 살기로 했으니까요."

"죽기 살기라……."

"……."

"네 말을 믿겠다. 저 여자 내 약혼녀지만 행실이 조금 이상했거든. 조상희와 지나치게 어울리지만 차마 내 입으로 말은 못하겠고… 심증은 가나 물증은 없다 딱 그거였지."

"……."

"덕분에 약혼은 파혼해도 될 것 같군. 어차피 저 여자도 나한테 목맬 사람은 아니니까."

"믿어주니 고맙습니다."

"아직은 아니야."

"예?"

"차 박사가 새디스트라고 했지? 그거야 개인적 취향이니 내가 관여할 바 아니고……"

반 검사는 잠시 간격을 둔 후에 말을 이어갔다.

"아들까지 살해했다는 건가?"

"예."

"아들에 대한 정보 아는 대로 넘겨 봐. 차 박사는 미혼이었는데 아들이라니… 차 박사의 연구 보고서와 더불어 확인해 본 후에 그것까지 맞으면 그때는 완벽하게 믿어주지."

"미국의 실험실에서 일어난 일입니다."

"상관없어. 이건 취향이 아니고 살인이니 미국이 아니라 외계라고 해도 체크해 봐야겠어!"

반 검사의 성격은 시원했다. 아주 마음에 드는 성격. 강토는 6번 뇌, 그러니까 차태혁의 뉴런이 건네준 모든 정보를 반 검사에게 말해주었다.

미국의 실험실.

거기서 차 박사가 약을 먹인 아들의 뇌를 들어낸 일까지.

귀가 조치!

일단 강토와 덕규는 풀려났다. 반 검사 덕분이었다. 다그치

는 동안에는 원망을 가득 품은 강토였지만 시원하게 조치해 주
니 조금은 앙금이 풀렸다.

"괜찮냐?"

청사 밖으로 나온 강토가 덕규에게 물었다.

"씨발… 검찰청 다시는 오고 싶지 않아."

덕규는 몸서리를 쳤다. 한때는 일진으로, 한때는 청량리 588의
주먹으로 나대기도 했지만 검찰은 차원이 다른 동네였다.

"미안하다."

"형이 뭐… 차 박사라는 사람이 죽어서 그런 걸."

"고문당했냐?"

"고문까지는…….."

"인격 고문만 당했구나?"

"씨발, 무직이라니까 인간 취급 안 하대."

"그러니까 출세해야지."

"설마 우리 엄마에게 알리지는 않았겠지?"

"전화 체크해 봐라. 연락했으면 골 백 번쯤 전화 왔을 테니
까."

"온 건 없어."

"그럼 연락 안 한 거야."

"씨발 놈들, 사람 그렇게 겁주더니……."

"두부 사줄까?"

"됐어. 여기 두부 파는 데가 있겠어?"

덕규가 고개를 들었다. 그러고 보니 그랬다. 건너편에 보이는

글자는 전부 변호사 사무실이었다.

"천만 원 털렸어?"

"별일 없으면 돌려준단다. 왜?"

"돈 있으면 나 맥주나 한 캔 사줘. 다리가 후들거려서……."

"그러자."

강토는 편의점을 찾아가 작은 캔 두 개를 집어 들었다.

뿍!

덕규가 캔을 땄다. 캔 터지는 소리는 여전히 맑았다. 캔은 아마, 지구가 멸망해도 저런 소리를 내며 열릴 것이다.

"그나저나 어떻게 된 거야? 구속이라도 할 것처럼 굴더니 얌전히 내보내주고……."

"조금 전까지만 해도 그랬지."

"혹시 형이 뇌빨로?"

"그래. 내가 죽기 살기로 열었다. 검사의 대그빡을 이렇게!"

뿍!

강토도 맥주 캔을 땄다. 입이 터져라 한 모금을 넘기고 나니 그제야 세상이 차분하게 보였다.

"검사?"

"그래."

"검사도 비밀 있어?"

"검사는 인간 아니냐?"

"하긴……."

덕규가 캔을 마시는 사이에 강토는 택시를 잡았다.

"타라."

"어디 가게?"

"확인해야 할 게 있어."

"그러니까 어디?"

"뇌 과학연구소."

"으악, 거길 왜?"

덕규가 질린 표정을 지었다.

"알바실에 있는 내 소지품도 가져와야 하고… 뇌에 대해 알아봐야 할 일도 있고…….."

"차 박사는 죽었다잖아?"

"차 박사만 뇌 전문가 아니거든!"

강토는 주저하는 덕규의 등짝을 택시 안으로 밀어 넣었다.

"……."

정 박사는 말을 하지 않았다. 뇌 과학연구소의 알바 휴게실. 마지못해 온 듯 그녀의 표정은 사뭇 달갑지 않았다.

"덕분에 검찰청까지 다녀왔습니다."

강토가 슬쩍 정 박사를 조였다.

이건 낯선 느낌의 작동이 아니라 강토의 본심이었다. 며칠 전까지만 해도 강토의 생사여탈권을 쥐고 있었던 정 박사. 그러나 알바를 계속할 바가 아닌 다음에야 그녀에게 빌빌댈 이유가 없었다.

"오해 말아요. 우린 검찰의 조사에 의례적으로 응한 것뿐이니까."

정 박사가 겨우 입을 열었다.

"의례적이었다지만 내 쪽에 우호적이진 않았겠지요."

"……."

"아무튼 부탁합니다."

강토도 의례적으로 고개를 숙여보였다. 옆에 서 있던 덕규도 무심결에 따라 했다.

"당신의 뇌에 대해 알려달라고요?"

"네."

"당신 뇌의 세타파가 일반 사람의 200배 이상이라는 건 알고 있잖아요?"

"전화로 이야기한 거 말입니다. 그날 실험실에 떨어진 낙뢰… 그리고 그 후에 일어난 현상들……."

"지금도 그래요?"

"지금은 잘 몰라요. 하지만 당신에게까지는 분명 그랬어요."

강토는 선을 그었다. 그게 좋을 것 같았다.

"차 박사님이 설명해 주신다고 했는데 저리 되셨으니……."

"미안하지만 나도 지금 패닉이에요. 당신 때문에, 그리고 차 박사님 때문에요."

"정 박사님 비밀은 평생 입 다물 수 있습니다. 약속하죠."

"……."

"당신도 알고 있었죠? 6번 뇌에 대해서……."

"몰랐어요."

"정말 몰랐나요? 그 뇌가 차 박사님 아들의 뇌라는 걸?"

"차 박사님 아들의 뇌?"

여자의 동공에 지진이 이는 게 보였다. 그녀 역시 자세한 건 모르는 모양이었다.

"내가 아는 건… 그 뇌가 침팬지가 아니라 사람의 뇌라는 것 뿐이었어요. 그게 다예요."

"혹시 그 뇌가 당신에게 명령을 내린 적도 있나요?"

"무슨 말도 안 되는……."

"잘 생각해 보세요. 통상적인 명령이 아니라 문득 이온 고정액 농도를 바꾸게 되었다거나 온도를 바꾸었다거나……."

"어머!"

설명을 듣던 정 박사의 눈이 휘둥그레졌다.

"있군요?"

"그건… 하지만 그걸 그렇게 연결하면 곤란해요. 사람이란 문득 어떤 마음이 들 때도 있는 법이니까요."

절반의 인정! 차태혁의 말은 옳았다. 그는 고정액 속에서 자신에게 필요한 환경을 정 박사나 다른 연구원들을 통해 능동적으로 조달하고 있었던 것이다.

확인하고 나니, 오싹했다.

"좋아요. 그 뇌는 이제 없으니 상관없습니다. 그러니 제 뇌에 이상이 있는 지나……."

강토는 표정을 감추고 말을 이었다.

"검사해 주면 다시는 찾아오지 않는 거죠?"

"나도 다시는 여기 오고 싶지 않습니다."

"좋아요. 따라오세요!"

정 박사가 가운을 펄럭이며 돌아섰다. 강토는 그 뒤를 따랐다. 박사는 2실험동을 지나 뇌 검사실로 들어섰다. 거기 세계 최고 수준을 자랑하는 fMRI가 버티고 있었다. fMRI는 인간의 뇌 기능을 실시간으로 해독할 수 있는 기능을 가지고 있는 장비였다.

더구나 이 장비는 두 가지 장점을 가지고 있었다.

기존의 MRI 장비들과는 달리 서거나 앉은 채로 검사할 수 있는 특징이 있었다. 이렇게 하면 뇌가 어떤 상태에 있는지, 뇌의 어느 부분이 활동하고 있는지, 시간의 경과와 더불어 어떻게 변화하는 지를 상세하게 측정할 수 있는 것이다. 이 방법이라면 바이올린을 켜면서도 뇌 측정이 가능했다.

첫 번째 측정은 3차원 대비법으로 불리는 촬영이었다. 뇌의 단면은 3등분 된 채 촬영되어 나왔다.

"타인의 비밀을 느꼈다고 했죠?"

장비의 각도를 바꾸며 정 박사가 물었다.

"예… 어쩌다 우연히……."

강토는 어물쩡 넘겨버렸다.

"몇 명이나 봤어요?"

"나도 정신없는 통에 일어난 일이라 두어 번밖에 기억 안 나요. 뇌 전문가시니 검사해 보면 아실 거잖아요?"

"조금 무리가 될 지도 몰라요."

"각오하고 있습니다."

"그럼 그때의 뇌 상태를 취해주세요. 검사는 딱 한 번입니다."

"그럼 내 동생을 저기 앞에다 세워주세요."

"동생은 왜요?"

"남의 비밀이 보이던 때의 상태를 취하라면서요? 기왕 할 거면 제대로 해야죠."

"좋을 대로 하세요."

덕규가 검사실로 들어섰다. 그는 강토와 마주보는 곳에 섰다.

"신호 주면 생각하세요. 아니, 읽어내는 건가요? 뭐든 당신이 하던 대로⋯⋯."

정 박사는 그 말을 남기고 유리문 밖으로 나갔다.

"아, 씨발⋯ 존나 쫄리네."

긴장한 건지 덕규의 목소리가 갈라지고 있었다.

"안 죽으니까 걱정 마라."

"그래도 누가 알아? 형이 저 여자 비밀 안다면서 그 기계에서 레이저가 나오게 해서 우리 해골을 빠지직!"

"뒈질래?"

"아무튼 비호감. 나 병원이라면 질색인 거 알잖아?"

"신호 왔다. 잔소리 말고 나나 쳐다봐라."

"그것도 비호감인데⋯⋯."

"황덕규!"

"알았어. 빨리 끝내고 나가자고."

덕규의 시선이 강토에게 닿았다. 순간, 강토는 하던 대로, 시크릿 메즈를 시전했다. 덕규의 눈을 향해, 그 안에서 바글거리는 뉴런과 시냅스들을 향해.

움찔!

예의 충격이 왔지만 지지대를 잡고 버텼다. fMRI가 기동하는 게 느껴졌다. 이제 긴장은 강토의 몫이었다.

뭘까?

과연 내 대갈통 안에 어떤 일이 일어나고 있는 걸까?

혹시 차태혁의 뇌가 기생 진드기처럼 찰싹 붙어 있는 건 아닐까?

상상하는 사이에 정 박사가 들어섰다. 몇 가지 부수적인 검사를 더 함으로써 검사는 끝났다. 결과를 기다리기 위해 복도로 나왔다.

간간히 오가는 사람들의 표정은 어두웠다. K대학이 야심차게 시작한 뇌과학연구소. 그 사령탑이 목을 매달았으니 오죽할까?

"들어와요."

한참 후에 정 박사가 강토를 불렀다. 강토는 덕규를 한 번 바라본 후에 연구실로 들어갔다.

"앉아요."

박사가 자리를 권했다. 강토는 소파에 대충 엉덩이를 걸쳤다.

정 박사가 한쪽 벽의 화면을 켰다. 화면에는 각종 뇌 단층 사진이 올라와 있었다.

"당신 뇌 사진이에요."

"……."

"다른 건 잘 모르겠지만 엄청난 활성화가 일어났던 건 분명하네요."

"좋다는 건가요?"

"그건 잘 모르죠. 연구라는 건 하루 이틀에 결과가 나오는 게 아니니까요. 더구나 뇌는……."

"……."

"3차원 대비법으로 찍은 뇌 단면이에요. 간단히 말해서 엄청나요. 대개는 푸른색, 초록색, 붉은색, 기타 혼합색 대비로 나타나게 마련인데 당신의 뇌는 빈틈조차 없이 빡빡한 형성을 했던 흔적들이 있어요. 다들 최근 흔적이에요."

"어떤 의미입니까?"

"글쎄요. 이런 건 나도 처음 보는 경우라서……."

"뇌 전문가가 모른다는 겁니까?"

"우리가 병원에서 일반적으로 쓰는 MRI의 정자기장 강도는 1.5테슬라예요. 1 테슬라는 1만 가우스 강도죠. 뇌는 보통 3.0 테슬라로 찍는데 당신이 원하길래 무려 7.0 테슬라의 강도로 찍었어요. 최상급 영상정보라는 거죠. 이 이상은 현재의 MRI로 불가능해요. 아니, 혹시 가능하다고 해도 당신 뇌가 녹아버릴 수도 있고……."

"……."

"그리고 이걸 보세요."

정 박사가 화면을 바꾸었다. 그곳에 찍힌 뇌 단면들은 엷은 단색이었다.

붉은색!

붉은색!

붉은색!

"……?"

강토의 미간이 조용히 일그러졌다. 이건 또 무슨 의미?

"당신이 남의 비밀을 알게 된다는 상태의 뇌예요. 뭐가 잘못되었나 확인했는데 기기는 이상이 없어요. 하지만 보다시피 신경세포의 색이 완전한 통일을 이루었어요. 푸른색이어야 할 공간도 적색, 녹색이어야 할 공간도 적색……."

"……?"

강토는 정 박사를 향해 시선을 들었다.

"뇌 중심부의 활성이 순간적으로 극한에 이른다는 의미예요. 아까 본 단면들이 바로 이 현상의 흔적 같은데 이런 현상 또한 한 번도 본 적이 없어요. 다른 나라의 논문에서도……."

"혹시 다른 무엇이 들어와 있는 건 아니고요?"

"뇌가 무슨 셋방인가요? 다른 게 들어오게."

"박사님, 내 말은……."

"믿기지 않는 결과 또 하나를 알려주는 것으로 끝낼게요."

"……?"

"보통 인간의 뇌에는 1,000억 개의 뉴런이 존재하고 있어요. 이건 부귀빈천을 떠나 모든 인간에게 공통된 점이지요. 그런데……."

정 박사는 검사지를 보면서 남은 말을 밀어냈다.

"당신 뇌에는 그 이상, 그러니까 1,000억 개를 상회하는 뉴런이 있는 것으로 나왔어요. 상회하는 뉴런은 해마에 상주… 당신이 알바를 지원했던 그때는 분명 이렇지 않았는데 말이죠."

"……?"

"몇 번이나 확인했는데… 검사에는 이상이 없어요. 당신… 그날 낙뢰를 맞았다고 했죠? 그때 뭔가 충격을 받은 모양이네요."

"병인가요?"

"활성은 극한이지만 딱히 질병소견은 없어요. 현재 상태로는 말이죠."

"하지만 다른 사람의 뇌를 느끼게 되면 나도 대미지를 받는 것 같았거든요."

"잘 됐군요. 안 그러면 당신, 아무나의 비밀을 엿보고 허튼 짓을 했을 지도 모르잖아요."

"……."

"내 역할은 여기까지네요. 이제 돌아가 주세요. 두 번 다시 강토 씨를 보지 않기를 바랍니다."

정상!

정 박사가 선을 그었다.

"당신이 말한 결과들 전부 믿어도 되는 겁니까?"

"과학자로서의 양심을 걸고 맹세하죠."

정 박사는 자기 손으로 연구실 문을 열어주었다. 나가라는 뜻이었다.

"그런데 그전에 한 가지 할 일이 있습니다."

"뭐죠?"

"제가 거북한 모양이군요. 마찬가지로 저도 제 기록을 남기고 싶지 않습니다. 저 화면과 제 데이터, 제가 보는 앞에서 다 삭제해 주세요."

"이봐요!"

"그러지 않으면 안 갈 겁니다."

강토의 목소리는 단호했다. 실험 인간으로서 더 소용이 되고 싶지 않았다. 더구나 지금은 알바비를 받고 응한 것도 아니지 않은가? 정 박사는 일그러진 표정으로 검사자료와 사진을 지웠다. 화면의 휴지통까지 비운 걸 확인하고서야 강토는 마음이 놓였다. 컴퓨터 전문가라면 다시 살릴 수도 있겠지만 강토가 아는 정 박사는 그 정도까지는 아니었다.

"마지막으로… 이건 개인적인 호기심인데 5번 뇌 말입니다."

"6번 뇌가 아니고요?"

"5번 뇌요. 그거 왜 고양이 뇌였죠?"

"……?"

"내 말은 그 자리가 왜 고양이 뇌였냐고요? 뇌의 진화 찾아봤더니 고양이 뇌가 있을 자리가 아니던데?"

"차 박사님 지시였어요."

"차 박사님?"

"자세한 건 몰라요. 연구소에서 차 박사님 위상 아시잖아요?"

그건 인정!

고양이에 대한 질문은 '고양이' 때문이었다. 어쩐지 전보다 자주 보는 게 마음에 걸렸기 때문이었다.

우연이겠지.

호기심은 그렇게 정리해 버렸다.

복도에는 공진구 박사가 와 있었다. 정 박사의 귀띔을 들은 걸까? 뒤가 켕기니 대비 차 온 눈치였다.

말은 섞지 않았다. 둘이 붙어먹건 말건 관심도 없었다. 강토가 궁금했던 건 급작스러운 변화에 대한 뇌 과학자의 전문적인 소견이 듣고 싶었을 뿐.

"어떻대?"

덕규가 다가와 물었다.

"그냥 살란다."

"왜 그런지는 모르고?"

"알고 보니 사이비들인 모양이야."

"문제는 없대?"

"그렇다는데?"

"그럼 형, 나랑 삼종 본사에 가자. 아니 현티 본사도 좋고."

"거긴 왜?"

"가서 CEO들 구린 비밀 좀 캐내서 딜을 하는 거야. 우리 정직원으로 쓸래요 말래요."

"죽을래?"

"아, 뭐 어때? 혹시 사라질지도 모르는 재주, 얼른 써먹어서 취업이라도 하면 대박이지."

"엄마 걱정돼서?"

"왜 아니야. 회사 구경 한 번 시켜달라고 슬슬 떼쓰기 시작이 거든."

"그러게 왜 거짓말은 해가지고."

"알면서 왜 그래? 이틀이 멀다하고 전화를 걸어대니……."

"일단은 자중하자. 반 검사 수사도 아직 안 끝났거든."

강토는 낙뢰 맞은 실험실 쪽을 돌아보았다. 6번 뇌 생각이 났다.

차태혁!

뭔가 말로 설명할 수 없는 일이 일어났다. 그리고 그것은 '현실'이 되었다. 뇌 전문가들조차 알지 못하는.

아무튼 정상!

그것으로 되었다.

강토는 고개를 끄덕거렸다. 골치 아플 때는 보이고 만지고 잡히는 것만 믿으면 될 일. 백수 생활 동안 체득한 진리 중의 하나였다. 강토는 가까운 꽃집에서 국화 한 다발을 사왔다. 그걸 복구공사가 한창인 실험실 창문 아래 두었다. 차 박사가 아니라, 차태혁에게 바치는 꽃이었다. 꽃을 놓자 이상하게도 머리가 개운해졌다. 차 박사의 주검을 보던 때와 비슷했다.

상큼했다.

뇌 속에 남은 낯선 기운이 말끔히 사라진 느낌.

강토의 뇌와 마음은 동시에 가뜬해졌다.

퍼펙트하게!

　나흘 후, 강토는 다시 검찰청을 찾았다. 반 검사의 연락 때문이었다.

　"잠깐 시간 좀 내주지."

　그 말은 이렇게 들렸다.

　―재소환!

　차 박사의 자살에 대해 끼친 위력은 없지만 어쨌든 수사선상에 영순위로 오른 강토. 딱히 피할 곳도 없었기에 검사실로 향했다.

　"들어와요!"

　노크를 하자 안에서 목소리가 흘러나왔다. 반 검사는 손님과 함께 있었다. 손님의 시선이 강토를 흩어보고 일어섰다.

　"잠깐 기다리도록!"

　반 검사는 손님을 따라 나갔다.

　탁!

　문소리와 함께 검사실에 혼자 남게 되었다. 대한민국의 권력의 대표로 꼽히는 검사실. 백수의 입장으로 서 있자니 기분이 묘했다.

　검사…….

　얼마나 좋을까?

　강토가 검사라면 신분증을 목에 걸고 다니고 싶었다.

　―나 번듯한 직장 있어.

—나 백수 아니라고.

짧은 상상을 하는 동안 반 검사가 돌아왔다.

"앉아!"

손님이 앉았던 자리에 앉으며 반 검사가 말했다. 전처럼 고압적인 태도는 아니었다.

"미국 FBI에서 연락이 왔어."

반 검사의 말이 또렷하게 청각을 타고 들어왔다. FBI란다. 검찰이라 그런지 노는 물도 달랐다.

"강토 씨 말이 맞더군. 살인까지는 확인할 수 없었지만 몇 년 전에 차 박사가 동양인 출신 하반신 장애인을 해부한 기록이 나왔어. 당시 차 박사가 사망진단도 했더군. 기타 차태혁의 어머니로 보이는 사체 행방도 찾아냈고."

"차태혁의 어머니요?"

"그 뇌도 차 박사의 항공 이송 요청 특별 목록에 있었어. 하지만 한국에 와서 폐기한 것으로 되어 있더군."

"······."

"차 박사 범행에 희생된 모자에 대한 신원 확인도 끝났어. 강토 씨 말이 맞았어. 여자는 차 박사랑 젊을 때 만났던 것도 확인했고 헤어졌다는 시기에 차태혁 출산 기록도 나왔어. 기가 막히게도 신뢰도 99% 선이야."

"그래요?"

다행이었다. 동시에 충격이었다. 차 박사의 뇌에서 읽은 기억은 어긋남이 없었다.

"아들은 차 박사가 전신해부, 어머니는 차 박사가 뇌만 빼고 자기 모교 의대에 보내 실습용으로 해부… 장애 아들의 검사 샘플이 남아서 유전자 검사를 했는데 일치했어. 차 박사의 시신에서 뽑아낸 머리카락 샘플 유전자 하고 말이야."

"……."

또다시 모골이 송연해졌다. 사실이라면, 차태혁의 말처럼 골수에 맺힐 한이었다. 아버지에게 구원을 기대했을 차태혁, 그 반대로 산 채로 뇌가 도려졌으니…….

"진짜 무서운 이중인격자로군요."

"거기까지 하자고. 살인의 증거는 부족하고 키를 쥐고 있는 건 차 박사인데 죽어버렸으니… 중요한 것들도 죽기 전에 모두 태워 버려서 정황만 남은 셈이야. 딴에는 자기 명예를 무덤으로 가져간 거지."

반 검사의 표정은 담담했다. 큰 기대를 하지 않았는데 꼼꼼하게 조사를 해준 반 검사. 나빴던 첫인상이 조금씩 회복되고 있었다.

"그나저나 뇌과학연구소는 왜 간 건가?"

반 검사가 묻자 강토가 고개를 들었다. 반 검사… 강토의 일거수일투족까지 감시하고 있었던 모양이었다.

"기분 나빠할 거 없어. 아직 종결된 건이 아니라 프로그램에 의해 수사관들이 붙었던 것뿐이니까."

"……."

"거기서 뭘 확인했나?"

"그냥… 이것저것……."

"결과는 이상, 결론은 정상?"

"결과 보고도 들어온 겁니까?"

"나도 알아야 하니까. 내가 강토 씨에게 관심이 생겼거든."

"……?"

"타겟 뇌파 프로젝트였어!"

반 검사의 목소리에 힘이 들어갔다.

"타겟 뇌파 프로젝트요?"

"차 박사의 연구 목록에 있는 특급 프로젝트야. 대외비지만 강토 씨에게는 예외로 해도 좋다는 장 고문님 허락이 떨어졌어."

'장 고문?'

강토가 파득 고개를 들었다. 장 고문이라면 청와대 사람이다. 그러니 이건 또 무슨 소리란 말인가?

"내가 사건을 보고했거든. 자세한 건 설명할 수 없지만 차 박사 뇌 연구 분야 중의 하나야. 어쩌면 다른 모든 연구는 부수적인 거였다고도 할 수도 있겠군."

"……."

"그런 게 있어. 가끔은 국가적 차원에서 의뢰하는……."

"내가 알아도 되나요?"

"차 박사는 여러 뇌질환 치료제를 개발 중이었지. 그러다 우연히 상대방의 뇌파를 조종할 수 있는 뇌파를 발견하게 되었어. 세타파의 일종이었다는데 아주 획기적인 일이었지."

"……."

차태혁!

하마터면 이름이 튀어나올 뻔 했다. 그가 미끼를 던진 게 분명했다. 실험관 속에서 박사가 원하는 걸 보여주고 자신을 계속 관리토록 한 것이다.

우!

몸서리가 쳐지며 뼛속까지 오싹함이 밀려왔다.

"문제는 그걸 재현하는 게 힘들었고… 미국에서는 계속적인 연구를 할 수 없다는 거였네."

"왜죠?"

강토는 모른 척 물었다.

"미국의 실험실에서는 모든 걸 다 공개해야 하니까."

"……?"

"게다가 필요한 뇌 샘플의 확보도 쉽지 않았지. 그때 K대학 이사장이 장 고문님을 만났고, 전략적으로도 가치가 있는 일 같아서 측면 지원을 약속하게 되었지. 부지선정과 샘플 제공… 필요한 샘플은 아마 중국 쪽에서 구해왔던 모양이야."

"……."

"물론 한국행을 택한 이면 사정도 있었어. 강토 씨 덕분에 알았는데 미국에 있는 동안 연구소 당국에 새디스트라는 제보가 몇 번 들어갔던 모양이야. 거기 더 있다가는 명예에 타격을 입을 수 있다고 판단한 것 같아."

"……."

"지난주까지 올라온 차 박사의 보고서를 봤는데… 강토 씨 언급이 있더군. 특별한 세타파를 가진 사람이 등장해 주목하고 있다고…….."

"내가요?"

"그래."

"하지만 나보다는 6번 뇌… 그러니까 차태혁의 뇌가……."

"살아 있었다고 말하려는 건가?"

"알아요?"

강토가 되물었다.

"명시적인 언급은 없었지만 유사한 언급을 봤어. 6번 뇌의 실험일지… 뇌에 대해서는 잘 모르지만 최근에도 뇌파가 두어 번 특이반응을 했다는 기록이 있었으니 완전히 죽었다고 보기는 어렵겠지?"

"하지만 연구소 박사들은 죽은 거라고……."

"그들에게도 내부적으로 보안을 건 사안이었어."

"나도 그 실험 뇌와 관련이 있습니다. 실험 알바 동안에도 그 뇌와 이상한 교감이 있었거든요."

"그래서 그런 레포트가 있었군?"

"네?"

"강토 씨와 실험 뇌의 세타파를 잘 매칭 시키면 인간의 뇌파를 움직여 여러 정보를 얻을 수 있는 물질이나 원리를 찾을 수 있겠다는 문구가 있었어."

"매칭요?"

"6번 뇌, 즉 차태혁의 뇌 세타파도 특별했다는 거지. 제 아버지 유전자를 닮아 머리가 뛰어났었던 모양이야. FBI 기록을 보니 그 친구, 동네 고양이를 친구처럼 여기고 대화를 나누는 등 유별난 게 많았더군."

고양이?

듣고 있던 강토가 골똘해졌다. 고양이란다. 고양이와의 친화력… 그래서 5번 뇌가 고양이였을까? 차태혁의 정보를 아는 차 박사… 그의 뇌 반응을 이끌어내기 위해? 아니면 아들에 대한 잘난 배려심? 5번 뇌의 위치가 이해되는 순간이었다.

"그뿐 아니라 지역 방송에 출연해서 뇌파로 물건도 움직이고… 사람들의 마음도 알아맞히고… 그래서… 죽었지만 죽지 않은… 혹은 육체는 죽었지만 뇌세포는 생존하는?"

"……?"

"그런 게 가능할까 싶어 국내 뇌 과학자들에게 자문을 구했는데 과학이나 의학적으로는 설명이 불가능하다고… 그 방면에 차 박사 버금가는 길창문이라는 박사가 있다던데 그 사람이나 찾으면 모를까 나도 강토 씨처럼 문과라서 말이지."

반 검사가 말을 흐렸다. 결국 강토의 짐작이 맞았다.

차태혁의 뇌는…….

죽지 않았다.

고정액 안에서 복수를 꿈꾸었다.

그리고 자신의 뇌세포를 매직 뉴런으로 만들었다.

차 박사에게 복수하기 위해.

일이 꼬여 최후에 이르자 강토 안에 들어와 강토를 이용했다. 그리고 목적을 달성하자 흔적을 지웠다. 머릿속이 후련해진 게 그 증거였다. 차 박사만 생각하면 끓어오르던 적개심, 그게 사라진 것 또한 같은 선상에 있었다.

'차태혁… 낙뢰 사고가 나지 않았더라면 인간의 뇌를 장악하고 조정하는 굉장한 초능력을 만들었을 지도……'

이 말은 그냥 목 안으로 밀어 넣었다. 더 많은 걸 말하기에는, 반 검사조차도 검증된 우군은 아니었다.

그나저나!

'문과라서.'

그 말은 대략 마음에 들었다. 그러고 보니 호칭도 변했다. 아까부터 꼬박꼬박 강토 '씨'다. 그것 또한 마음에 들었다.

"배경 설명은 그쯤하고 본론으로 들어갈까?"

반 검사가 자세를 고쳐 앉았다.

'본론?'

강토는 갈피를 잡지 못했다. 검찰 쪽에서 바라는 건 '자유'밖에 없었다. 차 박사의 자살에 관련만 시켜주지 않으면 그뿐이었다. 그런데 얘기가 살짝 복잡하게 돌아가는 모양새였다.

"혹시 세렌딥이라는 말을 아나?"

"들은 적은 있습니다."

강토가 고개를 들었다. 강의 시간에 전공 교수가 해준 말이었다.

세렌딥!

뭔가를 위해 노력하다 실패하지만 그 과정을 통해 결과적으로 의도하던 것보다 더 좋은 것을 갖게 된다는 뜻.

여기에는 일화가 있다. 스리랑카에서 전한다. 고대 스리랑카의 왕이 세 왕자를 모아놓고 나라를 지킬 보물을 찾아오라는 미션을 내린다. 셋은 방방곡곡을 떠돌며 진귀한 보물을 찾아보지만 다 실패하고 만다. 하지만 그 과정에서 지혜를 키우게 되었고 그로 인해 더 가치 있는 것을 얻게 된다는 내용. 역사적으로는 X선의 발견이나 페니실린 등이 유사한 케이스로 꼽힌다.

"그럼 길게 설명하지 않아도 되겠군. 차 박사는 죽었지만 결국 미완성이던 연구가 성과를 갖게 되었어."

"……?"

"지난번에 강토 씨가 타인의 정보를 일부라도 공유하려면 상대와 뇌파가 맞아야 하는 것 같다고 했었지?"

"예."

"내 말이 그 말이야!"

"나요?"

강토가 물었다.

"상대의 마음을 공유하는 뇌파. 과정이나 원리는 잘 모르겠지만 남의 생각이나 정보를 알 수 있으니 성공이 아닌가?"

"꿩 대신 닭이라는 말처럼 들리는군요!"

"좋게 보자고. 세렌딥 맞아."

"……?"

"내가 한 말이 아니고 장 고문님이 한 말이야."

'장 고문?'

다시 청와대 인사의 이름이 나왔다. 강토는 숨을 죽였다. 뭔가 심상치 않은 감이 왔다. 눈치 하나는 귀신인 강토였다. 아무리 봐도 분위기가 그랬다.

"강토 씨 지금 백수지?"

"예……."

"혹시 나라를 위해 일해 볼 생각 없어?"

'나라?'

강토의 목젖이 크게 흔들렸다.

나라라고?

*　　　　*　　　　*

"백수라고 해서 놀리려는 건 아니야. 장 고문님이 특별한 프로젝트를 구상 중인데 내가 강토 씨 한 번 추천해 보려고."

"특별한 업무라고요?"

"여러 가지가 있지만 대표적으로 꼽자면 인물 검증?"

'검증?'

"워낙 교묘하게 사는 사람들이 많잖아. 부정부패도 그렇고 비리 척결도 그렇고… 사실 나도 그 일에 관여하게 될 것 같은데 원래는 우리 청 최면수사관을 추천할 생각이었거든. 그런데 최면은 상대방이 인지하게 되는 단점이 있지만 강토 씨라면 그런 단점도 보완이 되고……."

"저라고 그냥 막 되는 건 아니라니까요."

강토, 탈출구는 살짝 열어놓았다.

"최면도 다 되는 건 아니야. 게다가 눈앞에서 대놓고 최면 추를 흔들지는 않을 거 아닌가?"

"검찰직원이 되라는 겁니까?"

"구체적인 밑그림이 곧 나올 거야."

"……."

"어때? 생각 있나?"

"그러니까 누군가가 좋은 인간인지 나쁜 인간인지 가려보자는 거로군요?"

"바로 그거야."

"정치적으로 말하면 아군인지 적군인지 가리자는 거고요?"

"우리는 범법자나 부적격자만 골라내면 돼."

반 검사가 웃었다.

"나는 아군이라는 판단이 선 건가요? 아니면 일회용?"

"그럼 나는 강토 씨 아군이야 적군이야?"

"모르죠."

"그럼 피장파장 아닌가?"

"그걸 알게 해줘야 결정할 수 있을 것 같은데요? 괜히 웬 떡이야 하고 먹었다가 독박 쓰면 곤란하잖아요."

"내 비밀을 알고 있으니 기선을 잡은 거 같은데?"

"검사를 뒷구멍으로 딴 거 아니라면 그건 큰 문제가 될 수 없죠. 자격지심은 될 수 있을지언정."

강토는 흔들리지 않았다.

"하핫, 바로 정곡을 찌르는군."

반 검사가 어깨를 흔들며 웃었다.

"우리 벌써 손발 맞춘 사이잖나? 현직 검사직 걸고 약속하겠네. 아군으로써 일하게 된다고."

"지난번에도 말했지만 검찰에 맺힌 한이 커서 말입니다."

실은 이미 솔깃한 제안. 그러나 강토는 배수진을 쳤다. 그저 이용당하는 일이라면 검찰 아니라 청와대 직원이 된다고 해도 생각이 없었다. 한방에 훅 가는 사람들 한 둘이었나?

"한이라?"

"우리 아버지 사건… 그건 지어낸 말 아닙니다. 지금 생각해도 검찰의 수사는 불공정했습니다."

"그래서?"

"검사님이 진짜 검사라면 그 사건 원인유발자들을 처벌해 주십시오."

"호오, 돌직구로군?"

"반 검사님이 아군인지 아닌지 확인하려는 거뿐입니다. 저에 대해서는 이미 다 털어보셨을 테니……."

"나는 알고 강토 씨는 나를 모르니 불공정하다?"

"예."

"좋아. 그 사건 내가 뒤져보지."

반 검사, 의외로 쿨하게 나왔다.

"······?"

"대신 그것까지 처리되면 손잡는 거야."

"저를 공무원으로 채용하겠다는 건가요?"

"아마!"

"정년도 보장되나요? 공채도 아니고 이렇게 뒷구멍으로 들어오는 건데도?"

"원래 진짜 필요한 사람은 특채로 오는 거야."

"중간에 내 뇌파 기능이 사라지면요?"

"그건 프로가 할 말이 아닌 거 같은데? 나는 아마추어랑 딜 같은 건 안 하거든."

"그래도 알고 싶습니다."

"그럼 의사가 의사 면허 없어지면 어떻게 해야 해?"

청진기 봐야지.

"사기라고 손해배상 같은 거 청구할까봐 그럽니다."

"장 고문님, 그렇게 쪼잔한 사람은 아니야. 아무튼 자세한 건 최종 면접 후에."

"최종 면접?"

"마지막으로 장 고문님이 보시고 결정할 거야."

"언제 말입니까?"

"지금! 같이 가볼까?"

지금?

반 검사의 반응은 전격적이었다.

"압수한 돈은 계좌로 입금시켰어. 위에 보고하고 나올 테니까 주차장에 가 있어."

그 말을 남긴 반 검사는 복도 끝의 계단으로 올라갔다.

혼자 주차장으로 나왔다. 갑자기 머리가 띵했다.

공무원…….

한번은 꿈꾸기도 했던 일이었다.

행정고시? 7급 행정직?

올해까지만 구직을 해보고 쓸 만한 직장에 합격하지 못하면 도전할 생각도 있었다. 그런데, 이렇게 엉뚱한 일로 제의를 받게 되다니.

꿈인가?

볼을 비틀어 보았다.

아프지 않았다.

"……?"

놀랄 건 없었다. 너무나 약하게 비튼 것이다. 다시 힘을 주니 짜릿한 통각이 반응을 했다.

'남의 비밀을 공유하는 능력으로 특채가 된다?'

그러기 위해 최종적으로 장철환의 면접을 보게 된다.

그도 확인을 원할까?

그렇겠지.

담담해졌다.

강토는 전문가나 자격, 면허 소유자가 아니었다. 서류로 입증될 능력이 아니다. 그럼 채용자는 어떻게 나올까? 반 검사의 보고를 받았더라도 확인하고 싶은 게 인간의 심정.

차 박사가 죽고 차태혁이 죽은 장소에 헌화를 함으로써 시원하게 비워진 강토의 머릿속.

혹시?

급 불길한 마음이 스쳐갔다. 매직 뉴런까지 함께 사라졌을지도 모를 일이었다.

확인이 필요해.

고개를 들자 엄마와 함께 오는 아이와 눈이 마주쳤다.

너댓살 쯤 된 아이도 비밀이 있을까?

아이의 천진난만한 눈동자에 얌전하게 매직 뉴런을 밀어넣었다.

있었다.

아이의 뇌도 다르지 않았다. 뉴런이 몰아치는 이온 파동의 굽이침도 성인과 다르지 않았다.

—상아!

—아이의 비밀은 여자였다.

—또래였고, 눈망울이 사슴 같았다.

—뽀뽀를 했다. 유아원이었다.

—아이에게는 행복한 비밀로 간직되어 있었다.

'미안!'

부러움과 미안함을 동시에 전했다. 추하지 않은 비밀, 그건 새로운 느낌이었다. 아이들은 역시 비밀조차도 순수했다.

"……?"

아이의 뒷모습을 보다 깨달았다. 다른 날과는 조금 달랐던 매직 뉴런. 오늘은… 부드러웠다. 어린 아이라 다소 조심했던 강토. 그 생각이 매직 뉴런에 반영된 것이다.

그때 작은 화단에서 아기울음 소리가 들려왔다. 아기가 아니었다. 키 작은 정원목 사이에 고양이가 있었다.

고양이!

또 고양이였다.

강토는 숨을 멈췄다. 늘어진 고양이는… 머리에 피를 흘리고 있었다. 고통스러운 표정과 홍건한 피. 이미 절반쯤 굳어 있는 몸은 사고를 직감하게 만들었다.

야옹!

짧은 울음이 강토의 머리를 비통하게 울렸다.

아파요!

죽게 해주세요!

신기하게도 고양이의 느낌이 전해져왔다. 느낌이었다.

안락사?

강토는 교감하고 있었다.

하지만 어떻게?

주변을 두리번거리다 고양이와 눈이 닿았다.

아파요!

빨아 당기는 듯한 눈동자를 바라보다 자신도 모르게 매직 뉴런을 발진시켰다. 단숨에 고양이의 뇌 안으로 들이친 뉴런에게 말했다.

고양이를 도와줘!

순간, 기묘한 일이 일어났다. 고양이의 눈… 고통을 뿜어내던 그 눈에서 편안한 미소가 엿보였다. 고양이는 숨을 거두고 말았다.

"……?"

강토는 숨도 쉬지 못했다.

고양이를 죽였다. 물론 그냥 두었어도 죽었을 고양이었다. 고양이 뇌 속으로 매직 뉴런이 들어갔다. 이 뉴런은 동물에게도 통하는 거였나? 동물의 느낌까지도?

더구나 이번에는 비밀이 아니었다. 강토의 의지를 발현한 것이 아닌가?

'우연이겠지.'

전화기를 꺼내들었다. 안락사는 시켰지만 묻어야 하는 절차가 남아 있었다.

"여보세요? 119죠?"

통화를 하는 사이에 반 검사가 나왔다. 곧이어 119 구급대도 도착했다.

"휴머니스트네?"

사태를 파악한 반 검사가 웃었다. 그때까지도 강토는 혼자 중얼거렸다.

'우연이었을 거야.'

"반갑네!"

장철환이 손을 내밀었다.

한정식집의 내실에서 그는 혼자였다. 주문을 미리 한 건지 음식은 세팅이 된 상태였다. 강토는 허리를 낮추며 그의 손을 잡았다. 청와대 밥을 먹는 사람. 자세한 직위나 직함은 모르지만 지체 높으신 고위직과 호젓하게 만난다는 건 꿈도 꿔 본 적이 없었다.

"반 검사가 칭찬을 많이 하더군. 현재 검찰에 있는 어떤 최면 심리수사관보다 뛰어난 재주를 가졌다고……."

"과찬입니다."

강토는 겸손하게 대답했다.

"우리 서로 묘한 인연으로 만났군. 우리의 매개가 차 박사인 셈이니……."

장철환이 웃었다. 그의 미소를 한결 같았다. 나지막하면서도 은은한 미소. 어찌 보면 포커페이스로도 보였다.

"제가 제의를 했더니 안 먹히더군요. 아무래도 고문님께서 말씀하셔야 될 것 같아서……."

반 검사가 대화의 틈을 타고 들어왔다.

"반 검사가 안 되면 나라고 별수 있나? 요즘이야 젊은 사람들 시대인데……."

장철환은 반 검사가 따라준 약주를 한 모금 마셨다. 딱 한 모금이었다. 안주로 화전을 집어든 장철환이 독백처럼 물어왔다.

"혹시 정치에 관심이 있나?"

"없습니다!"

잘라 말했다. 그건 진심이었다. 대학 때 만난 현역 정치인 선배들 때문이었다. 강연이 끝나고 뒷풀이라도 할라치면 권력에 물든 그 오만한 으스댐이라니. 누구에게도 존경받지 못하는 정치인이지만 그 무리들은 그 사실을 모르고 있었다.

"그럼 존경하는 정치인도 없겠군?"

"예!"

"허허, 이렇다니까. 정치가 이렇게 인기가 없어."

장철환은 남은 술잔을 비워냈다. 반 검사가 한 잔 더 올리려 했지만 그가 술잔을 손등으로 덮었다. 그만 마시겠다는 의미였다.

"그럼 기업가는?"

"……?"

"존경하는 사람이 있냐는 걸세."

"그야 스티브 잡스부터 중국의 왕웨이까지 많지요."

"나도 기업가나 할 걸 잘못했군."

장철환은 혼잣말을 하며 웃었다.

"그럼 말일세……."

자세를 바로 세운 장철환이 뒷말을 이어갔다.

"권력자들은 어떻게 생각하나? 대통령부터 장차관, 판검사… 그 외에도 많지?"

"……?"

강토가 고개를 들었다. 질문자는 청와대와 연관된 사람. 사실 정확히 무슨 일을 하는지는 모른다. 하지만 그렇다고 해도 그 역시 고위직. 함부로 대답할 성질이 아니었다.

"죄송하지만… 제가 말씀드릴 사안이 아닌 것 같습니다."

일단 예봉을 피했다.

"방금 정치인과 기업가에 대해서는 견해를 피력하지 않았나? 그것처럼 말하면 되는 일이네."

"그건 삼자의 일이지만 이건 고문님과 관계가 되는 일입니다. 굳이 듣기를 원하신다면 벽에 대고 말을 하는 수밖에 없습니다."

"벽?"

"조선시대 명재상은 소를 두고 하는 말도 소가 듣는 장소에서는 좋게 말했다고 하더군요. 누구든 대범한 척하지만 자신에 대한 험담에는 편협하기 때문이 아닙니까?"

"어이쿠, 이거 내가 한 방 먹었군."

"죄송합니다."

"아닐세. 자네 뇌파가 독특하다더니 머리도 샤프하군."

"……."

"조금 돌아가려했더니 마음을 들킨 심정이야. 기왕 이렇게 되었으니 내 마음도 한 번 봐줄 수 있겠나?"

장철환, 감추고 있던 칼을 뽑아들었다. 옆자리의 반 검사는 공연히 물을 마셔댔다. 그렇게 슬쩍 빠지려는 모양새였다.

"그렇잖아도 이미 봤습니다만……."

강토는 잠시 뜸을 들이다 입을 열었다.

"그래?"

"느닷없는 제안이라 진의가 궁금한 일이라……."

"이해하네. 자네로서는 그럴 수 있지. 그래. 어떻던가? 내 마음은?"

"죄송하지만 고문님과는 뇌파가 맞지 않습니다."

"……?"

장철환이 고개를 들었다. 반 검사도 고개를 들었다.

"제 미래가 달린 일이라 노력했지만 뇌파가 안 먹히니 독심술도 먹히지 않았습니다. 그저 큰 대업을 위해 애쓰고 있다는 것밖에는……."

"그런가?"

"다만 이 집 주인의 마음을 읽었는데 오늘 예정에 없는 예약을 받느라 고생을 한 모양이었습니다."

"……!"

살짝 풀렸던 장철환의 얼굴 근육이 당겨지는 게 보였다.

"족집게군. 그렇잖아도 방이 없다는 걸 반 억지로 쳐들어왔었거든."

장철환은 무릎을 치며 웃었다.

반주로 받은 맥주 한 잔을 해치우고 강토는 일어섰다. 반 검사가 보낸 눈치 때문이었다. 면접은 끝난 모양이었다.

꽝인가?

밖으로 나오니 기분이 묘했다. 장철환의 비밀을 읽지 않은 건 아니었다. 최근 비밀은 읽었다. 정부와 엇나가는 대기업에 대한 비상대책회의가 그것이었다.

그러나 말하지 않았다.

전에는 그러지 못했다. 강토와 뒤섞인 기묘한 느낌이 강토의
입을 멋대로 벌렸던 것이다. 지금은 그런 느낌도 없거니와 상대
는 강토의 오너 위치에 있을 사람.

―자기 자신의 비밀까지 알고 있는 부하.

―차 박사의 경우처럼 그 비밀은 치명적인 것.

그럼 어떻게 나올까? 차 박사는 그나마 순수한 과학자였다.
그렇기에 자살을 택했지만 권력자라면 그 반대의 경우를 택할
소지가 높았다.

타살!

인문학의 부활을 강조하는 교수들 덕분에 책도 많이 읽은
강토였다. 미국뿐만 아니라 한국에도 음모론은 많았고 그 상당
수는 그럴 듯한 것도 많았다.

그러나 장철환의 목적은 강토의 능력 파악. 그렇기에 순도는
낮지만 증명 자체는 피하지 않았다. 주인장을 팔음으로써 양다
리를 걸친 것이다.

―나는 당신의 비밀은 볼 수 없다.

뇌파가 안 맞거든.

―하지만 다른 사람은 볼 수도 있다.

뇌파가 맞기만 하면.

나머지는 골방에 앉은 두 사람이 정할 문제였다.

두 번째…….

어쨌든 차 박사의 광풍에서 한 발 빠져나온 것 같았다. 실험 알바 무한경쟁에서 살아남은 강토. 이번에는 살인 덤터기도 비켜나왔다. 누가 그랬던가? 강한 자가 살아남는 게 아니라 살아남는 자가 강한 거라고.

'그렇게 보면 나도 강한 건가?'

아직은 모른다.

하지만 적어도 이제부터는, 강한 자가 되고 싶었다.

제7장
진화하는 매직 뉴런

지하 벙커!

장철환을 만나고 온 강토는 뇌 서적을 넘겼다. 돌아오는 길
에 도서관에서 빌린 책이었다. 책을 빌리며 생각하니 생각보다
면접을 잘 치른 것 같았다. 결과야 면접관들 몫이지만 내용이
그랬다. 머릿속에 있던 생각들이 적재적소에서 언변으로 이어
진 것이다.

상대는 권력자들.

그런데도 쫄지 않았으니 대견했다.

'머리가 좋아졌나?'

머쓱하지만 그런 것도 같았다.

삐걱거리는 간이침대에 캔맥주 하나를 까놓고 책을 넘겼다.

—인간의 뇌에는 1,000억 개의 뉴런이 산다.

—뉴런은 축색과 수상돌기로 이루어져 있다.

—수상돌기의 돌기를 뻗어 다른 뉴런과 정보를 주고받는다.

—뉴런과 뉴런의 신호 전달은 전기적—화학적—전기적 신호 형태다.

—뉴런의 출력은 컴퓨터처럼 오직 On과 Off만 가능하다. 엑셀레이터가 아니면 브레이크의 역할을 한다.

—신호 물질은 이온에 의한다.

—나트륨 이온은 액셀러레이터 역할이고 칼륨과 염소이온은 브레이크 역할이다.

—엑셀레이터, 즉 흥분의 관점에서만 보면 뉴런은 디지털이다.

응?

이것 봐라?

이것도 신기했다. 요점이 쏙쏙 들어온다. 명쾌하고 명료했다. 마치 재미난 만화에 빠진 기분이었다. 시선은 그새 뇌의 각 부위 기능을 넘어 기억에 다다랐다.

—기억의 저장소는 해마.

—그러나 해마는 일시적이고, 장기 기억은 대뇌피질 측두엽의 시각령과 청각령에 저장된다.

—눈은 기억과 관련 없다. 그저 통로에 불과하다.

—뉴런의 돌기에 기억이 새겨진다.

기억…….

기억이 저장되는 곳은 해마와 측두엽. 그러니까 강토의 매직 뉴런이 작렬하는 곳인 셈이다. 매직 뉴런은 그곳에서 비밀을 전송한다.

전송!

접속했다는 이야기다. 남의 비밀의 기억 서랍을 열어봄으로써 기억 정보의 공유.

그렇다면…….

주인 몰래 그 서랍을 없애는 것도 가능할까? 기억을 뒤섞어 짬뽕으로 만드는 것도 가능할까? 기억 서랍 안에 대신, 내 기억을 넣는 것도 가능할까? 상상이 꽃을 피운다.

다음으로 호르몬과 신경전달물질을 보았다. 뇌하수체 전, 중, 후엽 호르몬에 이어 신경전달물질에서 시선이 멈췄다. 이들 신경전달물질은 무려 70여 가지 이상. 그중에서도…….

아세틸콜린, 도파민, 엔돌핀 등은 눈에 익은 단어였다. 강토는 대표적인 것들을 읽어나갔다.

- 아미노산의 글루타메이트—공포증 유발!
- 가바—부족하면 경련 작렬!
- 아세틸콜린—감소 심하면 기억상실증!
- 에피네프린—기분을 좌우!
- 도파민—과다분비시 정신분열증!
- 엔돌핀—행복 업!

'호오!'

기억이 났다. 차태혁이 한 말. 그가 인간이었다면 상대의 신경전달물질까지도 조절이 가능하다던 말. 글루타메이트 분비를 촉진하면 겁에 빠지고 엔돌핀을 높이면 행복해진다? 상상은 언제나 즐겁다.

　호기심을 끄는 건 그것 말고도 많았다. 예를 들어 우르바흐—비테 증후군 같은 것. 뇌 기능의 이상 중 하나로 상대방의 감정을 읽지 못하는 또라이가 되는 것이다. 뿐만 아니라 시상하부를 자극하면 안하무인이 되어 하늘같은 상사에게 덤비기도 하고 편도체가 파괴되면 겁대가리를 상실한다. 여자라면 안드로겐이 과량 분비되면 말괄량이는 따놓은 당상.

　다음으로 뇌파를 보았다.

　—알파파!

　—베타파!

　두 뇌파는 대뇌피질에서 나온다.

　—세타파!

　이건 해마와 그 주변부에서 나온다.

　전자의 두 뇌파는 측정하기 쉽지만 후자의 세타파는 측정하기 쉽지 않다. 그런데 이 뇌파가 차태혁과 강토는 공히 일반인에 비해 압도적 강세. 차태혁은 그걸 이용해 한을 풀었다.

　세타파!

　그걸 발현해 상대 뇌의 기억 공간과 동화된 후에 자기 뇌처럼 작동시킨다? 최면술과 닮았다. 그러나 최면술처럼 잡다한 과정이 필요 없다.

　차태혁은 우월한 세타파를 가졌다.

　나도 세타파가 우월하단다.

　그렇다면?

'나도 가능할까?'

이 많은 뇌의 기능들… 마법사처럼 글루타메이트를 작렬해 상대방을 제압하고, 기운 빠진 아버지에게는 엔돌핀 폭풍 작렬. 자기 한 말에 책임지지 않는 추악한 정치인들에게 에세틸콜린 줄을 막아버려 아예 영원한 기억상실증 선물.

생각만 해도 엔돌핀이 콸콸 쏟아지는 느낌이었다.

강토의 시선은 문 앞에 떨어진 휴지를 겨누었다.

차태혁은 뇌파로 물건을 들기도 했었단다.

들려라!

움직여라!

그런데…

정말 휴지가 팔랑 날아올랐다. 놀란 강토가 고개를 들자 덕규가 보였다. 착각인가? 덕규가 벙커의 철문을 여는 통에 바람이 따라 들어온 것. 뇌파의 힘은 오직 뇌 안에서 일어나는 일에 국한되는 모양이었다.

"아직도 뇌 서적 보고 있어?"

덕규가 물었다.

"마침 잘 왔다."

강토는 자세를 고쳐 앉았다.

"왜? 실험하려고?"

덕규가 몸을 사렸다.

"야, 지금 막 뇌파가 방방거리는데 뭐 하나만 해보자."

이제는 덕규에게도 말을 조심했다. 무대뽀로 매직 뉴런을 쓰는 게 아니라 '준비'나 '조건'이 필요하다는 암시를 주는 것이다.

"아, 진짜… 내가 무슨 통나무나 마루타도 아니고……"

"야, 나는 뇌 표본하고 쌩쑈도 했다."

"형은 돈이라도 받고 했지."

"앉아봐. 딱 한 번만."

강토가 덕규 옷깃을 당겼다.

"나 이러다 뇌 암 같은 거 걸리는 거 아니야? 어쩐지 요즘 자꾸 편두통이 도지거든."

"죽을래? 편두통은 뇌신경과 혈관계통이 비정상적인 반응을 보여서 국지적 통증이 발생하는 거지, 기억장소인 해마하고는 상관없다고."

"울라? 이제 보니 형도 뇌 박사?"

응?

그 말을 들으니 그런 것도 같았다.

"오냐, 나라고 뇌 박사 못 할 거 있냐?"

덕규 어깨를 눌러 앉힌 강토, 뇌파를 머리에 집중했다.

"형, 똥 싸?"

얼굴이 붉어질 정도로 힘이 들어간 강토. 보다 못한 덕규가 웃음을 참으며 물었다.

"너 아무렇지도 않냐?"

"뭐가?"

"방금 커피 한 잔 타다 바치고 싶지 않았어?"

"커피 마시고 싶어? 그럼 말로 하지."

"됐어. 아, 씨……."

살포시 실패!

잠시 차태혁의 흉내를 내보았던 강토, 하던 대로 매직 뉴런이나 실험하기로 했다.

후웁!

심호흡과 함께 강토는 덕규의 동공을 겨누었다.

'전두엽, 후정엽, 후두엽, 측두엽……'

신경을 곤두세운 강토, 뉴런이 지나가는 통로의 구조에 집중하며 책에서 본 뇌 사진을 대입시켰다. 뇌 구조가 익혀지기 시작했다. 호르몬 샘물들과 신경전달물질들의 이동도 보였다. 알고 하는 것과 모르고 하는 것. 확실히 차이가 났다.

'여기로군.'

강토는 두 눈에 불끈 힘을 주었다. 뉴런이 비밀의 공간에 다다른 것이다. 뉴런은 자동으로 첫 비밀의 기억에 접속했다. 이게 문제였다. 무조건적으로 첫 번째 비밀에 찰싹 달라붙는 시냅스. 다른 걸 보려고 시도하면 가장 큰 비밀을 열어버리는 본능.

'아니, 그거 말고……'

어떻게든 뉴런을 조종해 보려고 하지만 결과는 같았다. 멋대로 첫 비밀을 연 것이다.

후우!

숨을 내쉬며 차태혁의 말을 상기했다.

'계속하면 실력이 되는 거야.'

딩동도로당당!

"형, 전화!"

전화가 울리자 덕규가 숨을 돌리며 말했다.

"여보세요?"

강토가 전화기를 들었다.

"강토 씨? 나 반석기야."

전화를 건 사람은 반 검사였다.

"검사님?"

강토는 전화를 고쳐 잡았다.

"시간 돼?"

"우리 아버지 수사 때문에요?"

"집이 청량리 쪽이랬지? 나 근처 백화점 커피점인데 시간 되면 잠깐 보자고."

"그러죠. 걸어서 10분 거리입니다."

"그럼 잠깐 나와."

"예!"

강토는 전화를 끊고 일어섰다.

"반 검사?"

축 늘어진 덕규가 물었다.

"그렇단다."

"형, 아버지 사건 잘되는 거야?"

"글쎄… 만나 봐야 알겠지."

강토는 재킷을 집어 들었다.

"아, 기왕이면 형 아버지 회사 찾으면 좋겠다. 너무 억울하게 문 닫았다며?"

"그거야 힘들겠지만 그 개자식들이 처벌이라도 받으면 땡큐지."

"형 아버지에게도 수사관이 다녀갔다면서?"

"그랬다더라."

강토가 대답했다. 그건 아버지에게 연락이 옴으로써 안 사실이었다. 유 수사관이 다녀간 것이다. 당시의 정황과 함께 이런저런 질문이 오갔다고 했다.

―잘 부탁합니다!

―내 얘기는 말아주세요!

비밀 유지 부탁을 한 강토. 유 수사관은 그 약속을 지켜주었다.

"반 검사가 정말 해결해 줄까?"

"응?"

"높으신 금수저들이 뭐가 아쉽겠어? 괜히 하는 척 폼만 잡고 안 된다고 할 거 같아서."

"자식, 초 치기는……"

"아니, 우리가 뭐 한두 번 당해봐?"

"샤워나 해라. 갔다 올게."

강토는 철문을 밀고 나섰다.

야옹!

계단 위에서 앞발을 공손히 모은 회색 고양이가 꼬리를 세운 채 울었다. 제법 위엄이 있는 몸집이었다. 녀석은 달아나지도 않았다. 소리 없이 도로까지 따라왔다. 혼자도 아니었다. 그새 대여섯 마리로 불었다. 동네 길고양이들이 다 모인 모양이었다.

흠흠!

옷 냄새를 맡아보았다. 생선 냄새라도 나나? 냄새는 나지 않았다.

그럼 뭐야?

"가!"

짧게 한마디하며 손을 저었다. 고양이가 줄줄 따라다니는 것도 좋은 풍경은 아니었다. 고양이들은 얌전하게 돌아섰다. 다만 회색 고양이만은 그 자리에 앉아 시선을 거두지 않았다.

굴다리를 지났다.

청량리의 백화점이라면 엎어지면 코 닿을 거리였다. 도로 오른편으로 588 풍경이 펼쳐졌다. 부지런한 아가씨 일부는 낮손님을 기다리고 있었다. 왼편으로는 바다 내음이 끼쳐온다.

한 편에는 환락가, 반대편에는 자연의 수산물 시장. 어쩌면 환상의 궁합으로도 보였다. 남녀가 뒹군 비린내를 수산물 냄새로 뒤섞어 주니까.

"여기야!"

커피점에 들어서자 반 검사가 손을 들었다.

"내 마음대로 아메리카노 주문해 놨는데?"

반 검사가 커피를 밀어주었다. 그도 아메리카노였다.

"웬일로 여기까지……?"

"출장. 검사도 출장이 장난 아니거든."

"……."

"어때?"

"뭐가요?"

반 검사가 운을 떼자 강토가 고개를 들었다.

"내가 무슨 말을 하러온 건지 감이 와? 그런 것도 읽어낼 수 있나?"

"저 하느님 아니거든요."

강토는 어색한 웃음으로 응수했다.

"결론부터 말하면 조졌어."

"예?"

"조졌다는 말 몰라? 망했다고."

"……."

"미안. 내가 초임검사 때 조폭 담당했었거든. 그때 거친 인간들 다루다 보니 입이 좀 걸어졌어. 그 자식들이 좋은 말로 해서 들어야 말이지. 그때 습관이 나도 몰래 툭툭 나오네?"

"그게 아니라……."

"설명 부족?"

"예……."

"그게 말이지 당시 관련자들 소환하고 강토 씨 아버지 진술 종합해 봤는데 강토 씨 부친께서 억울하게 당한 건 맞아."

"그럼 뭐가 문제입니까?"

"뭐랄까? 증거 부족? 세상에 나쁜 놈이라고 다 법의 처벌을 받는 건 아니거든."

"……."

"이럴 때 보면 법이 참 거시기 같지. 분명 나쁜 짓을 했는데 처벌 못해. 왜인 줄 알아? 처벌할 관련법이 없거나 유효기간이 지났거든. 빌어먹을 공소시효 말이야."

"그럼 우리 아버지 일도?"

"노중권이라는 인간이 부친 기술을 빼돌려 경쟁사에 넘겨준 건 거의 확실해. 부친께서 잘 기억하고 계시더라고."

"설계도면 말이죠?"

"오케이. 유지보수에 필요하다고 요청한 설계도면. 그걸 후발 하청업체에 넘겨주고 훨씬 싼 값으로 동일 제품을 납품받은 거지. 후발 하청업체 사장은 돈을 벌고 노중권은 그룹에서 능력을 인정받고 그 기업에서 향응받고."

"그럼 처벌할 수 있는 거 아닌가요?"

"그게 말이야 노중권이 경쟁사에 도면을 넘겼다는 증거가 없는 거야. 하청업체 말로도 스스로 개발한 거라고 주장하고 있고."

"하지만 아버지는……."

"개발 시에 시행착오로 포함된 불필요한 부분까지 포함되었단 말 말이지?"

"만약 그쪽에서 개발했으면 그런 실수까지 똑같을 수가 없다고 했어요."

"부친도 그 말을 하셨더군."

"……"

"한마디로 당한 거야. 이쪽 사건 경험 있는 동기에게 물으니 일부 그룹의 계열사에서 종종 있는 일이라고 하더군."

"그럼 처벌도 못하는 건가요?"

"내 실력으로는!"

반 검사가 어깨를 으쓱해 보였다.

"혹시나 했더니 역시나로군요."

강토의 목소리가 꼬이기 시작했다.

"그게 대한민국의 현주소지."

"……"

"실망?"

"예!"

"흐음… 그러면 곤란한데. 나도 나름 최선을 다했거든. 노중 권 씨 소환은 쉽지 않은 일이라서 말이야."

"잘 나가는 인간이라서요?"

"아네? 지금 정관계에 고루 선이 닿는 사람이거든."

"유탄 맞을까 걱정되시겠군요."

"천만에, 나도 그렇게까지 말랑하지는 않아."

"아무튼 고맙습니다. 알아라도 봐주셔서."

"흐음… 역시 실망?"

"최소한 둘 중 한 놈은 기소라도 될 줄 알았거든요."

"그럼 기소해!"

"예?"

남의 말 하듯 말하는 반 검사. 황당한 마음에 강토가 고개를 들었다.

"기소하라고."

반 검사는 한 번 더 강조했다.

"처벌할 수 없다면서요?"

"처벌에는 종류가 많잖아? 어차피 사법당국이 손 쓸 수 없는 영역에서 일어난 일인데 비슷한 일이 한 번 더 일어난다고 해서 문제될 거 있나?"

"내가 그런 능력 있으면 검사님께 부탁했겠어요?"

"검사도 신은 아니거든."

"허얼……."

"나는 모르는 일로 하고 이만 가고… 지인 한 사람 소개해주지. 기업 M&A 전문가인데 나쁘게 보면 고급 사기꾼이야. 강토 씨 아버지 시나리오 대충 던져놨으니 해답이 있는지 조져보라고. 뭐 강토 씨를 고분고분 도와줄 인간은 아니니까 실력으로 밀어붙여야 할 거야."

"내가 무슨 실력으로요?"

"이거, 이거!"

반 검사가 검지로 자기 머리를 가리켰다.

매직 뉴런!

그거 써먹어!

그 말이었다.

"약점이라도 잡고 늘어지라고요?"

감을 잡은 강토가 물었다.

"오호, 이제 좀 돌아가네. 머리 돌리는 놈들하고 싸우는 데는 머리 아니면 주먹이 최고야. 고난도가 아니면 단순무식. 그런데 강토 씨에게는 그중 하나가 있잖아? 몰라?"

"……."

"대신 시간 너무 많이 들면 안 돼. 장 고문님이 언제 호출할지 모르거든."

반 검사가 일어섰다.

"검사님!"

"요 2층으로 가보라고. 창가 구석 테이블에 기생오라비 같은 친구가 있을 거야. 이름은 이성표. 내 이름 대면 반가워할 거야. 그다음에는……."

"……."

"저 쪽이 사창가인가?"

"예……."

"요즘 대세가 남자는 절개 여자는 배짱이라며?"

"……."

"그래도 배짱은 역시 남자의 미덕이지. 복수의 쾌감이란 자기 주먹으로 한 방 날리는 거고. 안 그래?"

"……."

"그럼 건투!"

반 검사는 빙그레 미소를 남기고 커피점을 나갔다.

황당!

그 자체였다. 이게 무슨 낮도깨비 소맥 폭탄주에 취해 헤롱 거리다 보도블록에 걸려 자빠지는 소리란 말인가?

'젠장!'

황당하지만 그냥 돌아설 수는 없었다. 아버지를 돕는 일. 방 법이 있다면 찾아야 했다. 강토는 남은 커피를 한입에 털어넣고 일어섰다.

*   *   *

"올라가는 데요?"

도로변에 있던 유 수사관이 커피점을 보며 말했다. 옆에는 반 검사가 서 있었다.

"그래야지."

반 검사가 웃었다.

"이성표가 무쟈게 여우인데 얘기가 될까요?"

"사람은 능력껏 사는 거야. 게다가 모름지기 복수란 자기 손 으로 해야 제 맛이지."

"검사님도… 잘 나가다가 그럴 때는 만정이 뚝 떨어집니다."

"그럼 미리 다 떨어뜨려둬. 앞으로 나랑 같이 가려면 그게 좋 아."

반 검사는 2층을 바라보며 웃었다.

그사이에 강토는 2층 마루를 밟았다. 바닥이 마루였다.

'창가······.'

시선은 이미 테이블을 훑고 있었다. 구석이었다. 거기 두 남자가 버티고 있었다. 인상은⋯ 최악이었다.

저벅!

망설이지 않았다. 조금이라도 망설이면 포기할 것 같았다. 그래서 더 자신을 다그친 강토였다.

"뭐야?"

벽에 기댄 이성표가 꼬나보았다. 옆의 남자 역시 까칠한 눈빛이기는 다르지 않았다.

"반석기 검사님 아시죠? 그분이 보냈습니다."

강토는 천천히, 그러나 또렷하게 말했다.

그런데⋯

이게 웬 일인가? 이성표의 반응은 반 검사의 말과는 딴판으로 나왔다.

"반석기? 그 자식이 여기 있어?"

그렇잖아도 사나워 보이던 이성표의 얼굴이 멋대로 구겨졌다.

'뭔가 잘못?'

생각이 끝나기도 전에 이성표가 강토의 가슴팍을 밀었다.

"당신 뭐야? 검찰수사관이야?"

목청도 까칠하게 올라가는 이성표.

"아, 아닙니다만!"

"그럼 정체가 뭐야? 신분증 까 봐."

성표는 숨 쉴 사이도 없이 강토를 다그쳤다.

"……!"

뭔가 단단히 꼬인 상황.

강토는 한 발 물러서며 재빨리 상황을 파악해 보았다.

반석기…….

그의 말은 틀렸다. 그러나 이 사람이 이성표인 건 맞았다. 테이블에는 노트북과 이런저런 기업관련 서류들이 보였다. 그렇다면 M&A 전문가도 맞을 것 같았다. 팩트는 단 하나, 이성표는 반 검사가 이 아래에 있었다는 걸 모른다는 것. 그와 절대 친하지 않다는 것.

'부친 시나리오 대충 던져놨으니 해답이 있는지 조져보라고. 뭐 강토 씨를 고분고분 도와줄 인간은 아니니까 실력으로 밀어붙여야 할 거야.'

강토의 뇌리에 반 검사의 말이 쫘악 스쳐갔다.

그 말이 힌트였다. 반 검사, 이제 보니 강토에게 기회를 준 것이다. 어쨌든 이들은 아버지의 명예를 회복할 능력을 가지고 있는 인간들이라는 의미였다.

턱!

강토는 민증을 테이블에 올려놓았다.

"이강토?"

민증을 본 두 남자는 어이없다는 표정을 지었다.

"두 분 M&A 전문가들이죠?"

강토가 물었다.

"그래서 뭐? 너 반 검사하고 어떤 사이야?"

"아무 사이도……."

"그럼 뭐하는 개뼈다귀인지 모르지만 꺼져. 반 검사란 놈 이름만 들어도 재수 없으니까."

이성표가 몸서리를 치는 사이에 강토는 옆 남자의 시선을 겨누었다. 살짝 어찔해지는 몸은 테이블을 잡으면서 숨겼다.

화아악!

이온 폭풍이 남자의 뇌 안으로 들이치는 게 보였다. 이 남자의 뇌 안에도 뉴런의 바다는 찬란했다. 호르몬과 신경전달물질들도 제 일에 충실하는 모습. 시냅스들은 환호하는 스파인을 따라 이온 파동을 밀어 넣었다. 남자의 우주가 열렸다. 뇌의 가장 깊은 곳에 자리한 비밀의 서랍… 한둘이 아니었으나 뉴런은, 이번에도 첫 번째 것을 열었다.

그래…….

보여다오.

당신의 최신 비밀…….

후-우-웅!

아련함에 섞여 남자의 비밀이 넘어왔다.

―병원.

―췌장암 4기!

―수술로도 손 쓸 수 없는 말기 암!

―사업에 지장이 있을까 지인들에게 절대 비밀.

젠장!

첫 번째 비밀은, 영양가가 없었다. 불끈 눈매를 가다듬고 두 번째 시도에 박차를 가했다. 다시 남자의 뇌 가장 깊은 곳에 닿은 뉴런들이 가장 큰 서랍의 내용을 전해왔다.

—세우테크 인수합병.

—성공 배당금 3억에 주식 1만 주 추가.

—우종영 사장에게서 각서를 받아 핸드폰에 지니고 있음.

털어먹을 대상은…….

—이성표.

"……?"

이성표?

그렇다면 이 인간은?

아주 쓸 만한 비밀을 건져낸 강토, 테이블을 짚은 손을 떼는 척 하며 커피 잔을 건드렸다. 커피는 남자의 허벅지를 흥건히 적셔버렸다. 델 정도의 온도는 아니었다.

"아, 씨… 뭐야?"

남자가 인상을 긁으며 일어섰다.

"죄송합니다."

강토는 고개를 숙여보였다.

"죄송이면 다야? 당신, 잠깐만 기다려. 세탁비 단단히 물 줄 알아."

남자는 눈을 부라리고는 화장실로 향했다.

"어이, 세탁비고 나발이고 꺼져. 정신 사납거든."

이성표가 귀찮은 듯 손짓을 해댔다.

"세우테크 인수합병 작업 중이죠?"

강토의 목소리가 나직하게 열렸다.

"응?"

이성표의 미간이 왕창 일그러졌다. 네가 그걸 어떻게 아냐는 표정이었다.

"이분하고 작업하면 안 됩니다. 우종영 사장 편이에요."

"뭐야?"

이성표가 발딱 일어섰다.

"핸드폰 케이스 열어보세요. 뒤에 이면 합의서가 들었을 겁니다."

강토는 남자가 두고 간 핸드폰을 가리켰다.

"서두르시죠. 저분 돌아오기 전에."

강토의 시선이 이성표를 다그쳤다. 이성표의 눈이 핸드폰으로 향했다. 그의 손이 폰을 집었다. 커버를 열자 차곡차곡 접어 찔러둔 종이가 나왔다. 강토가 말한 내용의 각서였다.

"……!"

이성표의 눈빛이 출렁이는 게 보였다.

잠시 후, 강토는 이성표 앞에 앉았다. 남자는 기어이 세탁소로 간 후였다. 사타구니 쪽이 너무 젖어 수습이 곤란했던 것이다.

"당신 목적이 뭐야?"

이성표가 우묵한 눈빛으로 물었다.

"우리 아버지가 대기업에 납품하다가 기술 도둑을 맞고 폭망했거든요. 검사님께 그 사건 재수사를 부탁했더니 선생님 소개를 해주시더군요."

"흐음, 이제 보니 그 건이었군."

이성표가 콧방귀를 뀌었다. 언질을 했다는 반 검사의 말은 사실인 모양이었다.

"선생님께 해법이 있다던데 도와주십시오."

"됐고, 아까 저 친구 정보는 뭐야? 그거 반 검사 쪽에서 나온 건가?"

"내가 알아낸 겁니다."

"당신이?"

이성표가 강토를 바라보았다.

"각서 보시고도 못 믿는 건가요?"

"정말이야?"

"물론이죠."

"재주 좋군, 해커야? 저 친구 용의주도한 사람인데 핸드폰 도청이라도 했나?"

"아무럼 어떻겠습니까?"

"하긴……."

"그 정도로는 제 아버지 일을 도울 생각이 없는 모양이군요."

강토, 슬슬 이성표에게 떡밥을 날리기 시작했다. 강토에게 앞자리를 허용한 건 호기심이 있다는 증거였기 때문이었다.

"진짜는 우종영이야. 저 인간은 들러리에 불과하다고."

"우종영?"

"얼마를 써낼 지는 그놈 마음에 달린 거지. 그것도 알아볼 수 있나?"

"알아주면 해결해 주실 겁니까?"

"그쪽 인수액을 족집게로 뽑아만 낸다면 약속하지."

"그 약속 어떻게 믿죠?"

"그건 서로 마찬가지야."

응?

그건 그랬다.

"그래서 말인데… 당신 주특기가 뭐야?"

"그게 중요합니까?"

"이봐. 당신 아버지 회사 건 같은 건 나한테 일도 아니야. 손 안 대고도 코 풀 수 있다고. 하지만 내 건은 차원이 달라. 자칫 하면 몇 백억, 아니 그 이상이 날아갈 수도 있어."

"……!"

"원리를 말해봐. 수긍이 가고, 이번 인수합병 건 성공하면 내가 책임지고 당신 아버지 공장 살려주지."

"우종영 사장의 머릿속에 있는 인수액을 어떻게 아느냐?"

"세상에 사기꾼이 한둘이어야 말이지. 게다가 자칫 불법으로 비화되면 나까지 콩밥 먹을 수 있어."

이성표가 의자에 등을 기대며 말했다.

"최면과 독심술의 일종입니다."

강토가 입을 열었다. 말로는 믿지 않는 게 사람의 심리. 더구나 천문학적인 돈이 오갈 인수합병 건이라면 이 사람의 말이 옳았다.

"미치겠군. 그런 재주 가졌는데 왜 아버지 공장 털렸어?"

"그때는 내가 어렸습니다."

"핑계는……."

"어쨌든 증명은 이미 한 거 아닌가요?"

"그거로는 안 된다니까!"

"그럼?"

"우종영 그 인간… 응찰액은 저 친구에게도 말할 리 없어. 그걸 독심술로 캐낼 수 있는 능력이 있다면 내 비밀도 한번 맞춰봐. 내키는 일은 아니지만……."

"그건……."

강토가 한 발을 뺐다. 맞추는 것은 문제가 없지만 문제가 될 수 있었다. 그 역시 구린 곳이 많을 인간. 그걸 강토가 다 안다고 생각하면 좋을 리가 없었다.

"안 돼?"

"뇌파가 맞는 사람만 되는데 사장님은 맞지 않습니다."

"무슨 개소리야?"

"사장님도 M&A 승률이 100%는 아닐 텐데요."

"그럼 우종영은? 그놈도 안 될 수 있잖아?"

"그 사람은 됩니다. 이미 맞춰보고 왔거든요."

"……?"

"저도 아마추어는 아니니까요."

강토도 슬쩍 배짱을 부렸다. 어차피 도 아니면 모. 시시하게 상대해서는 먹힐 리 없는 여우였다.

"그럼 어떤 놈은 되고 어떤 놈은 안 되는 거야?"

"그야 나도 모르죠. 지문이 다르듯 뇌파도 사람마다 차이가 있거든요."

"핑계 아니야?"

"핑계?"

"손바닥 올려!"

음산한 미소의 이성표가 싸늘하게 말했다.

"손바닥?"

"테이블 위에 올리라고."

"이렇게요?"

강토가 손바닥을 내밀자 작은 물건으로 눌러 제압하는 이성표.

빠작!

한순간 아찔한 전류가 손바닥 위에 흘렀다. 전기충격기였다.

"호신용으로 가지고 다니는 건데 구라치는 몇 놈 맛탱이 가게 해준 적도 있어. 반 검사도 그래서 알게 된 거고."

"……."

"진짜 프로면 이걸로 네 대가리 지져봐. 맛탱이가 살짝 가면 나랑 뇌파가 맞을 지도 모르잖아?"

"……?"

"그래서 내 마음도 한 번 훔쳐보라고."

지직!

잠시 켜진 전기충격기가 빠직 위협을 해왔다.

"겁나면 꺼지고!"

이성표가 충격기를 거두는 순간, 강토가 그 손을 잡아 제 자리로 돌려놓았다.

"⋯⋯?"

"해보죠."

강토가 대답했다. 전기충격이 한 번으로 죽기야 하랴 싶었던 것이다.

"오케이, 그럼 합의 성립?"

"예."

그런데⋯⋯.

여기서 뜻밖의 오더가 들어왔다.

"열한 살!"

이성표가 천천히 말했다.

"예?"

"난 그때 기억이 늘 그립거든. 가능하면 내가 열한 살 때 새겨진 비밀을 읽어보라고."

"⋯⋯?"

"알아들었으면 시작해!"

일방통행식 이성표. 그 눈을 겨누던 강토가 휘청 흔들렸다.

이성표, 이 인간이야 말로 독심술을 하는 걸까? 상대의 뇌 안으로 들어가면 저절로 선택되는 비밀의 서랍. 이성표의 요구에 맞추려면 뉴런에게 명령어라도 줘야 할 판. 더구나 상황 상한 번은 전기충격기로 머리도 지져야 할 입장. 한마디로 쥐약과도 같은 옵션을 던진 것이다.

퍽킹(Fucking)!

그야말로 퍽킹이었다.

시크릿 메즈!

상대의 뇌로 들이치는 신묘한 능력.

그 안에서 비밀의 서랍을 열어주는 매직 뉴런.

몇 번 엿본 결과 사람마다 서랍의 개수가 달랐다. 그렇다면 이성표는 몇 개의 서랍을 가지고 있을까? 비밀은 순차적으로 간직되어 있는 걸까? 지금의 나이로부터 역순으로?

꿀꺽!

목젖이 저절로 반응했다.

열한 살 때의 비밀.

아무래도 선택적 명령어가 필요한 일이었다. 그렇지 않고서야 오직 우선순위 1번과 최대 비밀의 서랍에만 작용하는 뉴런을 어떻게 통제한단 말인가?

미치겠군.

명령어의 옵션이 필요한 상황.

'계속하면 실력이 될 거야.'

차태혁의 언질이 스쳐갔다. 초보 유저라고 했었다. 하다 보면 늘 거라고 했었다. 그건 우주의 진리였다. 하다 보면 결국 만렙

이 된다. 그러나 무대뽀로는 안 된다. 이러쿵저러쿵 궁리를 해야 더 빨리 업그레이드가 되는 것이다.

하지만!

빌어먹을 매직 뉴런은 조작법 가이드가 없었다. 뇌의 구조와 신경세포의 전달 원리를 읽어보았지만 뾰족한 힌트는 얻을 수 없었다. 초짜 유저로써 느낀 건 뇌 안의 구조에 조금씩 익숙해지는 것과 함께 뉴런들이 선택적으로 작용하는 것 같다는 감뿐.

지직!

전기충격기의 전류가 눈에 선했다.

그냥 튈까?

비겁함이 스멀스멀 느껴졌다. 이 인간, 강토가 주저하면 자기 손으로 강토 목을 지질 인간이었다.

지지직!

으아악!

생각만으로도 온몸에 몸서리가 쳐졌다.

후우!

쉬운 일이 없다. 하긴 그렇게 쉬우면 아버지가 당했을까? 숨을 고르며 체표에 훙훙거리는 파동을 보았다. 저 혼자 법석이다.

이것들!

원래는 이런 현상이 없었다. 이 현상은 실험실 낙뢰 이후, 그러니까 차태혁의 뇌가 들어온 후로 나타난 현상……

생각을 좀 더 파고 들어갔다.

차태혁의 뇌……

그는 강토를 통해 차 박사의 위선을 벗기길 원했다. 그 위선은 우선순위 1번 비밀과 치명적 비밀이었다. 588 아가씨와의 일과 아들을 죽인 일. 수많은 비밀 중에 가장 치명적인 것을 골라 '프로그램'했던 것이다.

그 프로그램이 아직 남았다. 차태혁이 압축시켜 전이시켜 준 10,000개의 특별한 매직 뉴런. 그것들은 타인의 뇌 안으로 들어가기만 하면 일단, 자동으로 최근 비밀과 최대 비밀에 반응…….

그러나 그의 목적은 달성되었다. 차 박사의 뇌를 자극해 자살로 목숨을 마감시키지 않았는가? 그건 명백히 차 박사의 뇌가 내린 명령이었다.

그것으로 끝났다. 그건 차 박사의 죽음과 차태혁의 뇌가 있던 실험실 앞에서 감으로 왔다. 머릿속 깊은 곳에 들어찬 것 같았던 안개가 벗겨진 느낌이 증거였다. 그때부터 강토는 시원했다. 매직 뉴런의 시야도 넓어졌고 시전을 해도 그리 힘들지 않았다.

'그렇다면…….'

이제 새 의지로 길을 들여야 했다. 그들이 가진 기능을 하나하나 찾아낼 단계였다. 이제 그들의 주인은 이강토였으므로.

'차태혁…….'

소리 없이 이름을 불렀다. 강토는 뇌 저 깊은 곳을 향해 목소리를 집중했다.

―그만하면 됐잖아.

―나는 네 한을 풀어주었어.

―그러니 이제 멋대로 구는 건 그만해.

―매직 뉴런의 진짜 실력을 보여 달라고.

내 몸!

체표를 타고 돌던 파동들이 거꾸로 팔딱이는 게 보였다. 이 것들을 한 대 걷어차 주고 싶었다. 강력한 자극으로 맛을 보여 주고 싶었다.

자극!

머리 깊은 곳의 매직 뉴런들. 어떻게 다스릴 수 있을까? 시선 이 이성표의 전기충격기에 닿았다.

세렌딥!

반 검사의 말이 떠올랐다. 의도하지 않았지만 더 좋은 일이 일어난 것. 어쩌면 오늘이 그날일 수도 있었다. 낙뢰 덕분에 매 직 뉴런을 갖게 되었듯이, 전기충격기로 인해 매직 뉴런의 콘트 롤이 가능해진다면?

더불어 아버지에게 부끄럽고 싶지 않았다.

'설령 최악이라고 해도……'

비겁하게 포기하는 것보다 정신이라도 잃어버리는 게 아버지 에게 떳떳할 일 같았다.

'좋아. 해보자고.'

강토는 단숨에 전기충격기를 가로챘다.

빠지직!

전기충격기를 켜자 전류가 악몽처럼 발딱거렸다. 강토는 충격기를 그대로 머리로 가져갔다.

빠직, 빠지직!

충격기로 머리를 지졌다. 강토의 즉각적인 행동에 이성표의 눈이 쏟아질 듯 휘둥그레졌다. 설마 진짜 실행하리라고는 생각지 못한 모양이었다.

"야, 너……?"

이성표의 목소리가 떨렸다.

*　　　　*　　　　*

"움직이지 마셔. 지금 뇌파 맞춰보고 있잖아?"

강토는 이를 물며 응수했다. 머리가 좌우로 뽀개질 것 같았지만 버티고 또 버텼다.

헤이, 차태혁!

고통을 참으며 의지로 말을 전했다. 강토 안의 심연에 똬리를 틀고 있을 차태혁의 뇌파 찌꺼기들에게.

—너를 위한 일은 끝났어.

—처음과 최대 비밀은 네 성향이잖아?

—그러니 이제는 내 의지에 따라달라고.

빠직!

깊은 아뜩함에 몸이 늘어지기 직전, 강토는 충격기를 껐다.

빠지직 빠직!

'후어어!'

온몸에 후경련이 스쳐갔다. 참았다. 이를 물고 참았다. 눈알에 지진이 난 건 오히려 이성표였다. 강토의 악바리 근성에 놀란 그는 이빨까지 다닥거리고 있었다.

"움직이지 말라니까."

강토는 메아리 같은 신음을 이성표에게 쏟아내며 늘어지는 몸을 바로 세웠다.

지직!

잔류가 사라지며 파동이 변화하기 시작했다. 그 느낌은 아까와 조금 달랐다. 낯선 이질감이 깃든 파동이 아니라 친숙함이 깃든 파동. 그것들이 온몸을 촘촘히 감쌌다고 생각되었을 때 강토는 기어이 이성표의 동공을 겨누었다.

느낌!

느낌이 왔다.

뭔가 분위기 변화가 된 듯한 느낌…….

"웃!"

이성표가 움찔하며 흔들렸다. 강토 역시 진동을 느꼈지만 등받이에 기대며 버텨냈다.

파아아!

시크릿 메즈!

광속 줄기를 이룬 매직 뉴런이 이성표의 신경세포와 섞이는 게 보였다. 이내 경계를 허문 뉴런들은 이성표의 대뇌 속으로

빛을 뿌리며 들어갔다.

당혹!

충격!

이성표의 기분이 고스란히 읽혀졌다. 그의 아드레날린량은 많았고 그걸 억제하기 위해 다른 신경물질 '가바'도 분주하게 쏟아져 나왔다.

'거기!'

강토가 브레이크를 밟았다. 필사적이었다. 무작위로 들어갔다가는 또 1번 서랍을 열지도 몰랐다.

그런데…

빙고!

명령이 통했다. 뉴런의 얌전하게 멈춘 것이다. 앞쪽에서 나팔 같은 스파인을 벌려주던 이성표의 뉴런들도 살랑, 아이처럼 얌전하게 대기 자세를 취하고 있었다.

'다시 스톱!'

피질을 지나자 강토는 또 뉴런을 제어했다. 이번에도 제어가 통했다. 이제는 속도를 늦췄다. 느리게, 조금 느리게 해마로 들어선 뉴런들이 주변 정보를 전해왔다.

눈을 감은 강토는 땀투성이였다.

딸각!

비밀의 방이 열렸다.

'천천히……'

강토의 입이 혼자 중얼거렸다.

이성표의 비밀 서랍들이 보였다. 매직 뉴런들은 첫 번째 서랍을 향해 시냅스를 너울거렸다.

'안 돼!'

의지로 막았다. 뉴런들은 무수한 촉수를 거두었다. 강토는 비밀의 하나하나 서랍을 확인했다. 아래부터 차곡차곡한 서랍들은 낡아 사라지는 것부터 엊그제 생성된 신삥이까지 여러 종류였다.

—열한 살 때의 비밀!

열한 살이야!

강토, 또렷한 명령어를 매직 뉴런에 우겨넣었다. 이성표의 뇌 속에 연두 불빛이 명멸을 반복하는 게 보였다. 색은 크고 작은 스펙트럼을 이루며 변화해 나갔다.

열한 살!

강토는 아련해지는 의식 속에서 경계의 중심을 파고들었다.

화아악!

열한 살!

엔터!

컴퓨터의 그것처럼 명령어가 먹혔다고 생각되는 순간, 딸깍 아래쪽의 비밀 서랍 열리는 소리가 들렸다.

"우어어!"

비명은 입으로 넘어오지 않았다. 강토는 눈을 뜬 채 의식을 잃었다. 전기충격기의 후폭풍이었다.

지직!

지지직!

무의식 속에서도 느껴졌다.

병원이었다.

눈을 뜨니 응급실. 고개를 돌리니 할머니가 보였다. 변비 때문에 복통이 심해 들어온 할머니. 관장을 했는지 의사와 간호사가 응가 흥건한 기저귀를 열고 있었다. 냄새는 나지 않았다.

—변비 때문에 응급실 오는 사람도 있구나.

—허얼!

반대편으로 고개를 돌렸다.

응?

조금씩 생생해지는 기억 속에는 시선을 멈췄다.

차 박사…….

그때 그 상황과 비슷했다. 이번에는 이성표였다. 그가 침대 앞에 서 있었다.

"이제 깨어났군."

그의 입에서 새어나온 말소리는 조금 늘어지게 들렸다. 하지만, 한 가지는 분명했다. 표정이 우호적이라는 것. 확인이라도 시키려는 듯 그의 뒷말을 이어주었다.

"당신, 진짜 프로야, 거래하자고!"

그의 목소리는 재촉하듯 들렸다.

"내가… 당신 옵션을 알아냈나요?"

강토가 물었다. 의식을 잃는 바람에 열한 살 때의 비밀을 말했는지 아닌지 기억이 나지 않은 것이다.

"아니, 하지만 상관없어. 그 정도 깡이면 충분해. 게다가 우종영은 가능하다며?"

"예······."

강토가 대답과는 아랑곳없이 이성표는 계속 목청을 높이고 있었다.

"아무튼 대단해. 내가 말이야 그걸로 제 머리 지진다고 똥폼 잡는 놈은 많이 봤지만 진짜 지진 놈은 당신이 처음이야. 당신 진짜 남자야, 상남자라고!"

'당신 진짜 프로야!'

차를 타고 벙커로 가는 동안에도 이성표의 말이 귓전에 맴돌았다.

프로······.

단어를 따라 의식을 잃기 전의 일들이 기억 속에서 피어올랐다. 열한 살의 이성표가 보였다.

평범한 연립주택이었다.

이성표는 의붓엄마에게 깨지고 있었다.

새엄마에게는 모든 게 짜증의 이유.

이번에는 음식을 먹으면서 짭짭 소리를 냈다는 게 이유였다.

테이블에 놓인 음식은 배달 치킨.

다리와 날개, 가슴살은 엄마가 안주삼아 먹고 잡동사니만이 성표의 몫이었다.

그래도 배가 고파 고기가 달았다.

그래서 침을 주체할 수 없었다.

한참을 먹는데 의붓엄마, 남은 치킨과 소스를 성표의 얼굴에 뭉개버렸다.

매운 소스 때문에 눈이 아팠지만 병원은커녕 매만 맞았다.

아버지가 돌아오긴 전의 밤, 성표는 아무도 몰래 집에 불을 질렀다.

엄마는 치킨에 소주를 마셔 곯아떨어진 상태였다.

활활 타오르는 불길이 마음에 들었다.

119가 왔지만 엄마는 중태였다. 며칠 후에 죽었다. 그제야 성표는 자유였다.

"당신 말이야, 진짜 대단해. 난 개폼만 잡고 말 줄 알았거든."

운전대를 잡은 이성표는 흥분을 감추지 않았다.

"……."

강토는 대꾸하지 않았다.

"불가능에 도전하는 그 깡, 끼, 악… 대박이야, 초대박."

"죄송합니다. 기왕이면 뇌파를 맞췄으면 좋았을 것을……."

"아니야, 당신이 뭐 신이야? 솔직히 그거 맞췄으면 당신하고 일 안 하지. 아, 내 속을 빤히 들여다보는 놈하고 어떻게 일해?"

이성표가 돌아보며 웃었다.

그렇군.

강토는 엷은 미소 속에 그 말을 묻었다. 사람들이 원하는 건 타인의 비밀이다. 자기 자신의 비밀이 뽀록나기를 원하지 않는

다. 강토는 스스로가 대견했다. 그걸 알기에, 그런 본능이 있기에 전기충격기로 머리를 지진 비몽사몽 상태에서도 비밀을 읽었다는 사실을 발설하지 않은 모양이었다.

그래도 세렌딥!

그 단어게 고마움을 전했다. 이성표 덕분에 하나의 전기를 마련한 강토였다. 명령어가 먹혔다. 그건 어마어마한 업그레이드가 아닐 수 없었다.

"아무튼 우종영 입찰가액만 맞춰달라고. 세우테크만 인수하면 당신 아버지 회사는 내가 책임지고 찾아줄 테니까!"

"고맙습니다."

"고맙긴, 세상이란 다 상부상조 하는 거야. 우리 이제부터 동업자야."

"예……"

"오늘은 좀 쉬어야겠지? 의사도 안정하라니까 푹 쉬라고. 아까 나 많이 놀랐어."

"그러죠."

"집이 이 근처라고?"

"여기 내려주시면 됩니다."

굴다리를 지나며 강토가 말했다. 성바오로 응급실에서 나왔으니 엎어지면 코 닿을 거리였다.

"안정되면 언제든 연락해. 인수전 배경 설명도 필요할 테고."

"예!"

차가 이면도로에서 멈췄다. 강토는 차에서 내렸다.

골목에 접어들자 다시 야옹, 회색 고양이가 따라왔다. 고양이는 금세 여러 마리로 늘었다.

"가!"

손을 휘젓다가 보게 되었다. 회색 고양이의 왼쪽 눈이 거의 감겨 있다는 걸. 고양이와 눈이 마주쳐 버렸다.

〈눈 아파요!〉

고양이의 감정이 건너왔다. 강토는 담장 쪽으로 자리를 잡았다. 회색 고양이는 얌전하게 두 발을 모으고 꼬리를 세웠다. 그러자 다른 고양이들도 같은 자세를 취했다.

'누가 보면 고양이 조련사인 줄 알겠네.'

피식 웃음을 머금고 회색 고양이 눈으로 매직 뉴런을 밀어넣었다. 아프다니 확인하고 싶었던 것이다. 뉴런은 시냅스의 강을 만들며 고양이의 뇌 안으로 들어갔다.

'응?'

그러다 보았다. 고양이의 시신경, 그 한곳이 막혀버린 것을. 활기차게 뻗어나가다 혹 같은 것이 맺히며 시신경을 눌러버린 것이다.

〈아파요!〉

고양이의 호소는 그곳이 원인이었다. 강토가 매직 뉴런에게 의지를 보냈다.

고양이를 도와줘.

그건 정말이지 하나의 바람이었다. 그런데 굉장한 일이 일어났다. 매직 뉴런들이 혹에 달라붙은 것이다. 그건 흡사 난자에 달라붙은 정자 떼를 보는 듯 장엄해 보였다. 잠시 후 뉴런들이 떨어졌을 때 혹은 간 곳이 없었다.

'뭐야?'

놀라운 마음에 고개를 들자 고양이가 찡그렸던 눈을 바로 떴다. 신묘한 눈동자가 비로소 제대로 드러났다.

〈고마워요〉

고양이가 다가와 강토의 다리를 핥아주었다.

야옹!

다른 고양이들이 일제히 고개를 들었다. 그들도 뭔가의 행운을 바라는 눈치였다. 고단한 길고양이 신세예요. 우리도 선물 주세요. 강토의 눈에는 그렇게 읽혔다.

순간 신경전달물질들이 떠올랐다.

'될까?'

고개를 갸웃했지만 강토의 눈은 벌써 검은 고양이를 겨누고 있었다. 뉴런들은 고양이의 뇌를 자극해 엔돌핀을 쏟아냈다. 검은 고양이는 가르릉 미소를 지으며 아양을 떨었다.

야옹!

다음 고양이도 그렇게 해주었다. 그 다음 고양이는 반대로 갔다. 아미노산을 자극해 글루타메이트를 자극했다. 그러자 줄무늬 고양이는 겁에 질려 펄쩍 뛰었다. 어찌나 전격적이든지 강토도 놀라 엉덩방아를 찧었다.

캬야옹!

고양이는 갈기를 세운 채 찢어지는 소리를 냈다. 얼른 수습을 해주었다. 그 역시 엔돌핀 세례를 받자 언제 그랬냐는 듯 검은 고양이에게 털을 비비며 좋아했다.

고양이들은 즐거운 소리를 내며 회색 고양이와 함께 담장 너머로 사라졌다.

"……!"

말이 나오지 않았다. 호기심에 질러본 신경전달물질을 통한 뇌 조종. 그 또한 먹힌 것이다.

매직 뉴런…….

'이건 진짜 매직이잖아?'

야옹!

언제 돌아왔는지 담장 위에서 회색 고양이가 울었다. 고양이 눈동자는 더 없이 맑았다. 모든 것은 현실이었다.

"형!"

벙커 철문을 열자 컵라면을 먹던 덕규가 고개를 들었다. 강토는 대답도 없이 컵라면을 낚아챘다.

"물 더 올려라. 내 몫은 두 개."

"괜찮아?"

"뭐가?"

"얼굴이 우윳빛깔인데?"

"진짜?"

"거울 좀 봐. 혈관에 피 대신 우유를 넣었는지 창백하잖아."

덕규가 스테인리스 판을 들이댔다. 벙커에서 거울 대용으로 쓰는 장식물이었다.

진짜 그러네?

강토는 한참이나 자기 얼굴을 바라보았다.

"약 사올까?"

"됐어. 성바로오 응급실 들렀다 왔다. 너도 편두통 도진 모양인데 너나 먹어라."

"응급실?"

"물 끓는다."

강토는 컵라면을 집어 들었다. 뚜껑을 열자 라면의 꼬불꼬불한 모습이 뇌처럼 보였다.

시크릿 메즈.

이성표의 옵션을 위한 명령어 장착.

성공이었다. 매직 뉴런에 던진 명령. 그게 통한 것이다. 단 한 방에, 이성표의 열한 살 비밀 서랍을 열어버렸다.

거기서 이어진 또 한 번의 놀라움.

고양이였다.

고양이의 뇌에 작렬한 강토의 의지. 뇌와 관련된 물질까지도 다룰 수 있다는 사실은 명령어가 먹히는 일 못지않게 매력적이었다. 하지만 그 대상은 고양이. 사람이 아니었다.

"잠깐만 기다려."

"왜?"

덕규가 돌아보았다.

"네 편두통… 그거 내가 어쩔 수 있을 것 같아."

"진짜?"

덕규가 대답하는 사이에 시크릿 메즈는 날아갔다. 고양이는 되고 사람은 안 된다면 그리 좋아할 일은 아니었다.

〈첫사랑!〉

일단 선택적 명령어부터 확인했다.

매직 뉴런은 가뜬하게 망막을 타고 들어갔다. 그리고 덕규의 깊은 뇌 안에서 원하던 정보 하나를 전달해 왔다.

―윤미애!

―초등학교 5학년 때!

―하교길 노란 우산 속에서 어설픈 뽀뽀!

―그날 밤 한잠도 못 자고 백 번도 넘게 그 장면을 생각함.

―중학교 올라가면서 헤어짐.

―지금도 노란 우산만 보면 미애가 생각남.

강토가 웃었다. 순수해서 웃은 게 아니라 신기함 때문이었다. 더불어 시크릿 메즈 시전 때 느끼던 통증도 미미한 수준이었다. 이런 식이라면, 자연스럽게 시크릿 메즈를 펼칠 것 같았다.

업그레이드는 이상 무!

이번에는 고양이에게 확인한 신경전달물질들의 작용…….

'부디!'

강토의 매직 뉴런은 전파처럼 촘촘한 뇌혈관을 고속으로 퍼져나갔다.

'스톱!'

조금이라도 이상해 보이는 곳마다 진행을 멈췄다. 그러다 마침내 약간의 이상을 발견하게 되었다. 뇌신경계의 일부였다. 중뇌에서 대뇌로 이어지는 주름. 그곳의 신경에 주변 압박이 보였다. 몇 번을 봐도 다른 곳과는 달랐다.

해봐?

아니지. 뇌신경이나 혈관은 민감하다던데 혹시라도 잘못되면…….

개뿔, 고양이도 됐잖아? 신경을 죽이는 것도 아니고…….

망설이던 마음이 전자 쪽으로 기울었다. 모험하지 않으면 얻을 것도 없었다.

'덕규야, 미안. 만약에 너 잘못되면 너네 어머니는 내가 평생 책임진다!'

다짐과 함께 매직 뉴런을 몰아쳤다.

'압박 부위를 밀어내 줘.'

뉴런들이 방향을 트는 게 보였다. 그리고…….

"으악!"

덕규의 긴 비명이 이어졌다.

"덕규야!"

놀란 강토가 소리쳤다.

"우어어!"

"잠깐만, 119 불러줄게."

황급히 전화를 걸려는 순간, 덕규의 손이 강토 어깨를 잡았다. 이어 나직한 말이 들려왔다.

"형… 잠깐… 나 괜찮아지는 거 같아."

"……?"

덕규는 머리를 이쪽저쪽으로 갸웃거려 보이더니 강토를 향해 외쳤다.

"형, 어떻게 한 거야? 머리가 존나 상쾌해졌어. 편두통이 사라졌다고!"

"진짜?"

"응, 이것 봐. 머리 기울여도 안 아파. 형 진짜 재주 좋다."

"그러냐?"

강토가 웃었다,

"으아아, 형은 내 편두통의 은인이야!"

흥분한 덕규는 강토를 들쳐 안고 어쩔 줄을 몰랐다.

된다!

덕규 품에서 강토는 내심 쾌재를 불렀다. 고양이만이 아니었다. 사람에게도 통하는 스킬이었다. 굉장하고 또 굉장했다.

"으아악, 으악!"

마침내 강토도 함께 비명을 지르기 시작했다. 벙커가 무너져도 좋았다.

흥분이 가시자 핸드폰 화면을 열었다. 검색으로 찾아낸 사진이었다.

우종영!

거기 그가 있었다.

아버지의 운명을 좌우할 사람.

'까짓 거…….'

전기충격기로 머리를 지진 깡 때문일까? 아니면 새로 확인한 매직 뉴런의 능력 때문일까? 두려움은 하나도 깃들지 않았다.

『시크릿 메즈』 2권에 계속…

초대형 24시 만화방

신간 100%, 샤워실, 흡연실, 수면실(침대석), 커플석, 세탁기 완비

▪ 강북 노원역점 ▪

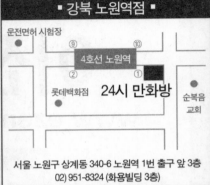

서울 노원구 상계동 340-6 노원역 1번 출구 앞 3층
02) 951-8324 (화용빌딩 3층)

▪ 일산 정발산역점 ▪

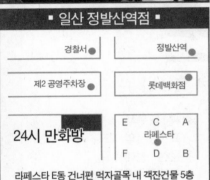

라페스타 E동 건너편 먹자골목 내 객잔건물 5층
031) 914-1957

▪ 일산 화정역점 ▪

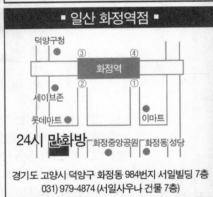

경기도 고양시 덕양구 화정동 984번지 서일빌딩 7층
031) 979-4874 (서일사우나 건물 7층)

▪ 부천 역곡역점 ▪

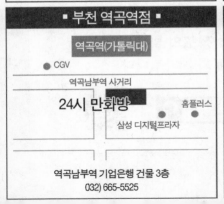

역곡남부역 기업은행 건물 3층
032) 665-5525

▪ 부평역점 ▪

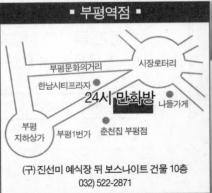

(구) 진선미 예식장 뒤 보스나이트 건물 10층
032) 522-2871

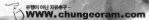

이경영 판타지 장편소설

FANTASY FRONTIER SPIRIT

그라니트

용들의 땅

GRANITE

사고로 위장된 사건에 의해 동료를 모두 잃고 서로를 만나게 된 '치프'와 '데스디아'.
사건의 이면에 장식을 벗어난 음모가 있음을 알게 된 둘은
동료들의 죽음을 가슴에 새긴 채 각자의 고향으로 돌아간다.
2년 후, 뜻하지 않게 다시 만난 두 사람은 동료들의 복수를 위해
개적용역회사 '그라니트 용역'을 설립해 다시금 그 땅을 찾게 되는데……

용들이 지배하는 땅 그라니트!
그곳에서 펼쳐지는 고대로부터 이어지는 운명적 만남,
깊어지는 오해, 그리고 채워지는 상처.

『가즈 나이트』시리즈 이경영 작가의 미래형 판타지 신작!

Book Publishing CHUNGEORAM

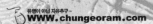

MAJOR LEAGUER
메이저리거

FUSION FANTASTIC STORY
강성곤 장편 소설

꿈꾸는 자에게 불가능은 없다!

『메이저리거』

불의의 사고로 접어야만 했던 야구 선수의 꿈.
모든 걸 포기한 채 평범한 삶을 살던
민우에게 일어난 기적!

"갑자기 이게 무슨 일이지?"

그의 눈앞에 나타난 의미 모를 기호와 수치들.
그리고 눈에 띈 한 단어.
'타자(Batter)'

**특별한 능력을 얻게 된 민우의
메이저리그 진출기가 시작된다!**

Book Publishing CHUNGEORAM

유행이 아닌 자유추구 -
WWW.chungeoram.com

만상조 新무협 판타지 소설

FANTASTIC ORIENTAL HEROES

광풍제월

천하제일이란 이름은 불변(不變)하지 않는다!

『광풍제월』

시천마(始天魔) 혁무원(赫撫源)에 의한 천마일통(天魔一統)!
그의 무시무시한 무공 앞에 구대문파는 멸문했고,
무림은 일통되었다.

"그는 너무나도 강했지.
그래서 우리는 패배했고, 이곳에 갇혔다."

천하제일이란 그림자에 가려져 있던 수많은 이인자들.

"만약……."
"이인자들의 무공을 한데로 모은다면 어떨까?"
"시천마, 그놈을 엿 먹일 수도 있을 거야."

이들의 뜻을 이어받은 소년, 소하.
그의 무림 진출기가 시작된다.

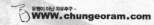

박선우 장편소설
FUSION FANTASTIC STORY

멋진 인생

Wonderful Life

태어나며 손에 쥔 것이라고는 가난뿐.

그러나 내게는 온몸을 불사를 열정과
목숨처럼 소중한 사랑이 있었다.

『멋진 인생』

모두가 우러러보는 최고의 직장이자 가장 치열한 전쟁터,
천하그룹!

승진에 삶을 바친 야수들의 세계에서 우뚝 서게 되는
박강호의 치열하지만 낭만적인 이야기!

Book Publishing CHUNGEORAM

유행이 아닌 자유추구
WWW.chungeoram.com

강준현 장편소설
FUSION FANTASTIC STORY
인생을 바꿔라
『복수의 길』, 『개척자』 강준현 작가의
2016년 신작!
자신이 무엇인지 알지 못하는 정신체, 염.
세상을 떠돌며 사람의 몸속으로 들어가
에너지를 얻고 나오길 반복하던 어느 날.
사고로 인한 하반신 마비, 애인의 이별 선언,
삶에 지쳐 자살하려는 김철의 몸에 들어가게 되는데…….
"뭐, 뭐야! 아직도 못 벗어났단 말이야?"
새로운 삶을 살리라,
정처 없이 떠돌던 그의 인생 개척이 시작된다!
"어떤 삶인지 궁금하다고? 그럼 한번 따라와 봐."
Book Publishing CHUNGEORAM
유행이 아닌 자유추구 -
WWW.chungeoram.com

궁극의 쉐프

가프 장편소설

FUSION FANTASTIC STORY

태초의 우물에서 찾은 사막의 기적.
사람의 식성과 식욕을 색으로 읽어내는 능력은
요리의 차원을 한 단계 드높인다.

『궁극의 쉐프』

요리란!
접시 위에 자신의 모든 것을 담아내는 것.

쉐프란!
그 요리에 자신의 가치를 증명하는 사람.

"요리 하나로 사람의 운명도 좌우할 수 있습니다."

혀를 위한 요리가 아닌, 마음을 돌보는 요리를 꿈꾸는
궁극의 쉐프 손장태의 여정이 시작된다!

철순 장편소설

FUSION FANTASTIC STORY

괴물 포식자

지구 곳곳에 나타난 차원의 균열.
그것은 인류에게 종말을 고하는 신호탄이었다.

『 괴물 포식자 』

괴물을 먹어치우며 성장한 지구 최강의 사내, 신혁돈.
그는 자신의 힘을 두려워한 인류에 의해
인류의 배신자라는 낙인이 찍히고 죽게 되는데…

[잠식이 100%에 달했습니다.]
[히든 피스! 잠들어 있던 피닉스의 심장이 깨어납니다.]

불사의 괴물, 피닉스의 심장은
신혁돈을 15년 전으로 회귀하게 한다.

먹어라! 그리고 강해져라!
괴물 포식자 신혁돈의 전설이 시작된다!

Book Publishing CHUNGEORAM

유행이 아닌 자유추구 -
WWW. chungeoram.com